文
景

Horizon

社科新知　文艺新潮

文景古典 · 名译插图本

奥德修纪

下

[古希腊] 荷马——著　杨宪益——译

上海人民出版社

卷十三

奥德修说完话，大家在阴暗的堂上被故事陶醉了，都保持着沉默；阿吉诺就回答道："奥德修，你既然来到我的高轩铜闼的王宫，我不会让你在饱经苦难之后又走回头路，再度在海上漂流的。你们这些贵族经常在我宫里喝着灿烂酒浆，听着歌曲，现在我要命令你们每个人做一件事，在这个精雕的箱子里已经放好腓依基的长者拿来送给客人的衣裳和精巧金器等等礼物；我们大家现在要再送给他一个大铜鼎和铜盘；我们可以从百姓中征收这笔费用，因为要自己担负这样的厚礼是很困难的。"

阿吉诺这样说，他们都赞成这样做，就都回家睡觉去了。当那初生的有红指甲的曙光刚刚呈现的时候，他们去到船边，带去令人惊羡的青铜器皿。庄严的阿吉诺王自己到船上去，把礼品放在桨位下面，免得伙伴们摇桨的时候妨碍他们。然后大家都到阿吉诺王的宫里去准备酒宴。阿吉诺王代表大家给乌云之神，主宰万物的阅阆之子宙斯献上了一头牛，他们烧了牛股，进行酒宴娱乐；那位受大家尊敬的神奇乐师谛摩多科就在众人中间歌唱。可是奥德修一再抬头看那普照万物的太阳，希望它早早落下，因为他迫切希望启程。就像一个人整天随着他的两头耕牛拖着坚犁经过田野，他渴望吃饭，很高兴看到太阳降下可以去准备晚餐了，就拖着无力的腿走回去；奥德修正是这样很高兴看到太阳降落；他就立刻对那些喜欢摇桨的腓依基人讲话，但主要是对阿吉诺："众人中最显耀的阿吉诺大王，现在请你奠酒，然后送我安全回家吧；我祝你们快乐；我所希望的事现在已经实现，这就是你们给我的友好赠礼和护送，我希望天上的群神允许我有这个福气，希望我能到家，能看到我的尊贵的妻子和亲爱的家人，希望他们都平安无事；我也希望留在这里的你们能给你们自己的妻子儿女快乐，希望天神降给你们一切幸福，不使你们遇到任何灾祸。"

他这样说；他们称赞他的话，都同意送客人启程，因为他讲话得体。阿吉诺王就对使者说道："庞托诺，你把碗里的酒掺好，分给堂上所有的人，我们好向宙斯祈祷，然后送客人还乡。"

他这样说；庞托诺掺好蜜甜的酒浆，走到每人身边，给大家斟好酒；大家在自己席位上向主掌广天的幸福天神们奠了酒。英雄奥德修站起来，把双耳的酒杯送给阿瑞提，就向她认真地说道："王后，再见了，希望你永远快乐，直到老年和死亡到来的时候，那是凡人命中注定的。我要走了，希望你在家里同你的孩子、臣民和阿吉诺王共享幸福。"

英雄奥德修说完了就走出门口；阿吉诺王派一个使者带他到海边快船那里；阿瑞提也派去她的女奴，一个拿着新洗好的外套和衬衣，一个按照她的吩咐抬去那结实的箱子，另一个带去干粮和红酒。他们到了海岸上船旁，高贵的使者立刻把那些东西，所有的粮食和饮料，都放在弯船上；他们还在弯船的甲板上为奥德修铺好一条毛毡和被单，让他在船后面睡得安稳。奥德修上了船，安稳睡下，桨手们按次序在桨位上坐好，从光滑的石头上解下船绳；他们后仰着，用桨打着海水，这时酣梦落到奥德修眼睫上，使他像死人一样，酣睡不醒。就像在平原上一辆驾着四匹牡马的马车，四匹马在鞭打下一同前进，蹄子扬得很高，轻速奔驰着；这条船正是这样平稳前行，船尾扬起，后面紫色海浪发出喧嚣声音；即使最快捷的飞鸟，那翱翔的鹰隼，也赶不上它的速度。船就这样穿过大海波涛，轻快飞驶，载着那足智多谋的英雄；虽然他过去经历过英雄们的战斗和凶恶波涛，饱尝艰险，但这时却安稳地睡着了，忘记了一切苦难。

当那预告初生的曙光来临的晨星，那个最明亮的星，才在天空升起的时候，这条航海的船就靠了岸。在伊大嘉有一个海港，以海中老人佛尔鸠为名；港口两边有崖岸突出，向内倾斜，可以挡住狂风巨浪；长船到达港内停泊，都不用下锚。港口前面有一株枝叶繁茂的橄榄树，旁边有一个美好而阴幽的山洞；那是名为尼埃的女神们的圣地；山洞里有掺酒用的石碗石坛，有蜂蜜，还有长长的织石；女神们在那里织出令人惊奇的海水颜色的紫纱，还有源源不断的泉水；石洞有两个进口；北边的进口凡人可以进入；南边的进口凡人不能进入；那个进口是神圣的，只有永生天神可以通过。

腓依基人事前就知道这个地方；他们把船开进港口靠岸；由于摇桨的手那样有力，船一直冲上海岸，一半停在沙滩上；他们离开了精制的船，先把奥德修连同他的被单和灿烂毛毡从弯船上抬起，把沉睡着的奥德修放在沙滩上，然后他们把腓依基贵族送给这位得到雅典娜女神宠爱的英雄的财货都抬下来，放在橄榄树荫下；他们没有把这些东西放在路上，免得有过路的人在奥德修睡醒之前发现它们，把它们偷走；然后他们就回去了。

但是摇撼大地之神波塞顿并没有忘记他过去对英雄奥德修所作的恫吓；他就向宙斯提出质问，问他打算怎样办；他向宙斯说道："天父，我在永生天神当中是丢了脸了，因为凡人一点也不尊敬我；我指的是腓依基人；他们同我还是一个种族呢。我说过奥德修要经历许多灾祸才能回家；当然我并没有说他永远不能到家，因为那是你曾经点头答应过的。现在腓依基人把他在酣睡中用快船运过大海，把他放在伊大嘉岛上，还给了他数不清的赠礼，有黄金青铜器皿和许多精织的衣料；这些比奥德修从特罗一路顺风到家，带去他应得的战利品还要多呢。"

聚集云雾之神宙斯回答道："唉！威力巨大的摇撼大地之神，你说的是什么话？天神们并没有对你有任何不尊敬呀；谁敢不尊敬一位年高德劭的天神？要是有凡人觉得自己了不起，对你有些不尊敬的话，你总可以加以报复的。现在你就按照你自己想法，爱怎样做就怎样做好了。”

摇撼大地之神波塞顿回答道：“乌云神，我倒想立刻就像你说的那样去做，但是我还是不想得罪你。我打算趁腓依基人送走客人转回家去的时候在雾气迷漫的海上打击他们的美好船只，为了不让他们以后再护送客人；我还想把他们的王城用大山围绕起来。”

聚集云雾之神宙斯回答道：“你这个捣乱的家伙！我看你最好这样做：当全体腓依基人都在城上遥望弯船靠拢的时候，你就在离海岸不远的地方把船变成岩石，还保留船的形状，使得大家惊奇；然后你可以把城用大山围困起来。”

摇撼大地之神波塞顿听见这话，就到腓依基人居住的斯赫里地方去了；他在那里等候着，渡海的船很快靠近；他到船旁用手掌一击，就把船固定下来，变成一块岩石，然后就走开了。那些以航海著名、善用长桨的腓依基人都纷纷用激动的口吻议论起来；有人就对旁边的人说道：“哎呀！正在回家途中的快船怎么停在海上了？一切都看得很清楚呢。”

有人就这样说，但是他们不明白发生了什么事；这时阿吉诺就对大家说道：“唉！看起来我父亲过去所作的预言要应验了；他说波塞顿对我们不满，因为我们护送一切人安全

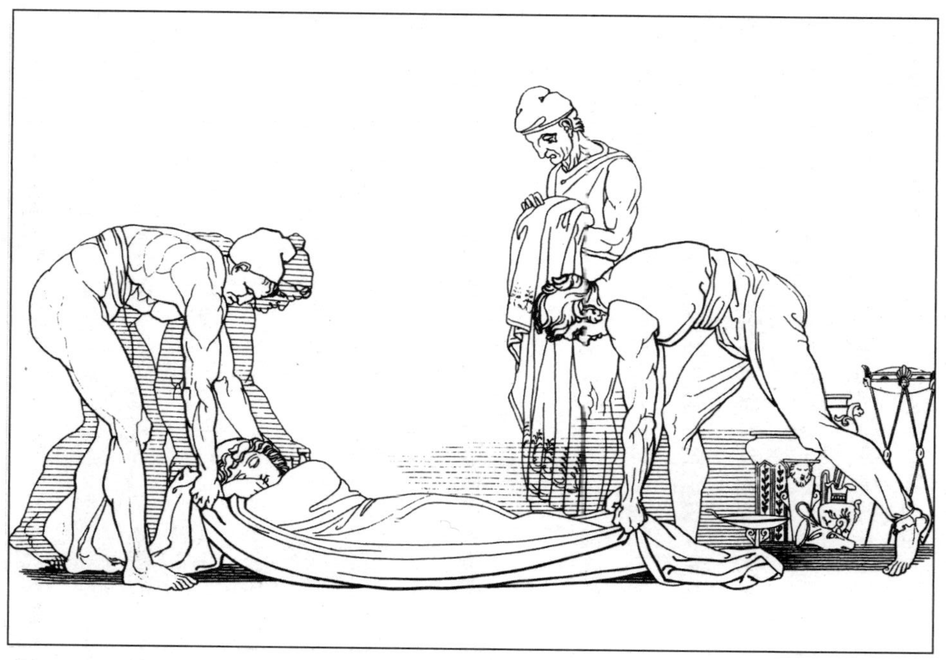

腓依基人把沉睡的奥德修放在沙滩上

渡海；那位老人说过，总有一天，当腓依基人的美好船只在雾气迷漫的海上送客回来的时候，它要遭到打击，而且我们的王城也要被大山围困起来；现在这些都要实现了。现在你们要按照我的话去做：首先如果有人再到我们国里，我们不再护送；我们还要向波塞顿献上十二头精选的牛，也许他会开恩，不要用大山把我们的王城围困起来。”

他这样说；腓依基人都觉得害怕，就去准备好牺牲；那些腓依基的王侯和长者都站在祭坛周围，向大神波塞顿作了祷告。

这时英雄奥德修在故乡土地上一觉醒来，但是由于他离乡日久，认不出那是什么地方；这也是由于天帝的女儿帕拉雅典娜在他周围洒下了一层雾，为了使人不注意他，她好向他说明一切事情，而且在求婚子弟们为他们的罪行得到惩罚之前，不叫他妻子、朋友和国人认出他来；因此当他看到漫长山径，平静海湾，峭崖茂林等一切景物，在这伊大嘉王的眼中都是陌生的；他站起身来观看故乡景色，就悲伤地拍着双股说道：“唉！我又来到什么种族的地带？这里的人不知道是野蛮狂妄不守礼法的，还是敬畏天神尊礼好客的。我的这许多财宝藏到哪里好呢？我自己又去到什么地方好呢？

我真后悔没有留在腓依基人那里，然后再去访问其他强大的王侯；他们会招待我并且送我还乡的；现在我不知道该把它们放在哪里；我也不能把它们留在这里，那样会被旁人找到的。唉！看起来那些腓依基的王侯和长者们并不聪明也不讲道理；他们还是把我送到异乡来了；他们虽然说要把我带到美好的伊大嘉，可是并没有照办。帮助求援的人的宙斯应该惩罚他们，因为宙斯是保护一切凡人并且惩罚罪犯的。我现在应该检查 下我的财物，并且查查数目，也许他们从弯船上偷走了一些东西呢。”

他这样说；他就检查了那些灿烂的铜鼎铜盘、黄金器皿和美丽的精织衣料，结果发现并不缺少什么。他就长吁短叹地在喧嚣的海岸边走来走去，怀念着他的故乡。这时雅典娜来到他身旁，装成一个年轻牧羊人的形象，一个幼稚温柔的王子模样的人，穿着精美披风，肩上打着两个褶裥，光滑的脚上穿着鞋子，手里拿着长矛。奥德修看见她很高兴，就走过去，用恳切的口吻说道：“朋友，你是我在这里第一个遇到的人；我向你问好，希望你对我没有恶意，请你拯救我，保护我的财物；我抱着你的膝向你祈求，拿你像天神一样看待。请你老实告诉我，让我知道这是什么地方，什么国土，什么种族住在这里。这是一个一望无际的海岛呢，还是沃野千里的大陆的沿岸一部分？”

明眸女神雅典娜对他说道：“外乡人，如果连这个地方你都还要问，那你要不是个傻子就是远地来的；这不是无名之地，无论是住在东方或西方的人差不多都知道的，就连住在北方靠近云雾迷漫的阴府的人也知道。这是一片崎岖山地，不宜于驾马，虽然地方不大，但是并不太穷；这里产很多麦子，还有酿酒的葡萄；这里经常雨露充足，是养育牛羊的好地方；这里也有各种树木，有终年不干的湖沼。外乡人，伊大嘉的声名远达到特罗呢，据说特罗是离阿凯人很远的地方。”

她这样说；饱经忧患的英雄奥德修听到持盾神宙斯的女儿帕拉雅典娜说这是他的故乡，就放了心，非常高兴；他连忙用恳切的口吻向她说明；可是他又控制住自己，并没有说出实话，心里怀着巧诈的主意：“我远在海上，在克里特的广野，就听到过伊大嘉的名字；现在我居然自己带着财物来到这个地方了！我逃走的时候，给我的儿子们留下的财产也有这么多；那是在我杀死伊多曼留的儿子捷足的奥西洛科之后；奥西洛科在克里特的广大国土上比任何人都跑得快；我在特罗饱尝艰苦，经历过英雄们的战争和凶险波涛，但是他想把我从特罗带来的战利品全部夺去；他对我那样是因为我不愿顺从他父亲，在特罗作他的臣属，而是率领着另一伙人。当他从田野走回家的时候，我同另一伙伴在路旁埋伏下来，用铜矛刺杀了他；那时黑夜笼罩天空，谁也没有看到我们，我就偷偷结果了他的性命。我用利矛刺杀他之后，立刻上了船，恳求那些高贵的腓依基人帮忙，送给他们一些我的战利品来满足他们；我叫他们把我带到蒲罗或者美好的埃利岛去，那是埃培奥人统治的地方，可是风浪同他们的意愿相左，把他们吹远了；他们本心也并不要欺骗我。我们漂流了一夜来到这里；我们匆忙把船带进港口；虽然很饿，也没有顾得上吃饭；我们离船上岸，就躺下来；那时我身体疲倦，进入酣梦；他们把我的财货从弯船上带下来，放在地上，离我躺的地方不远；他们就又上船，到人口众多的息东地方去了。我被留在这里，心里非常愁闷。”

他这样说；明眸女神笑着，用手打了他一下，又变回高大美丽的善作巧艺的女神的形状；她认真地对他说道：“就是天神们也没有你心眼多主意多；你这个家伙处处想骗人，就在你自己家乡也还要说谎话；我看你是喜欢这样做吧。我们现在不谈这些；我们彼此都是善用智谋的；你在凡人中是最能出谋献策的，我在天神中也以智谋巧艺著名；你怎么认不出我是天帝之女帕拉雅典娜？我从来在一切危险中都支持保护着你；我曾经让腓依基人都对你有好感；现在我又来到这里，给你出个主意，怎样把你的财物藏好；高贵的腓依基人送给你那些礼物还护送你还乡，也都是我出的主意。我还要告诉你，在你的美好宫邸里你会遇到什么危险；你必须控制自己，不要告诉任何男女，是你自己漂流回到家乡；你要保持沉默，忍受很多痛苦，不要被别人的强暴行为激怒。”

足智多谋的奥德修回答道：“女神，即使一个人很聪明，也很难一看到你就认出来，因为你能变成各种形状；我很清楚这一点；当我们阿凯子弟在特罗激战的时候，你对我是很好的；后来我们打下了普里安王的崇城，上船离开之后，天神把我们分散；从那时起，宙斯的女儿，我就没有见过你，你也没有到过我船上，帮助我解除苦难；我一直在海上漂流，心情沉重；后来上天解除了我的灾难，让我去到富裕的腓依基人的国土；那时你又曾经鼓励过我，亲自带我进城。现在我以你父亲的名义恳求你帮助；我看我并没有真正到达伊大嘉，那是一看就清楚的；我一定又漂流到什么别的地方了；

你是在戏弄我，要把我弄糊涂；请你老实告诉我，这是不是我的故乡？”

明眸女神雅典娜回答道：“你真是疑心太重，可是我也不愿意让你忧心忡忡，因为你是个很明白道理而且做事说话很谨慎的人。别的人在外面漂游回来，一定连忙回家去看妻子儿女，你却不急着去看个究竟，还想先试探一下你的妻子；她现在在家里日日夜夜都在悲伤流泪。你在失掉全体伙伴之后是会回家的；这我从不怀疑，只是我不愿意同我的叔父吵架；他心怀恼恨，因为你把他的爱子的眼睛弄瞎了。我现在就把伊大嘉的一些地方指给你看，让你放心。这里就是海中老人佛尔鸠的港口，在港口最前端有那株枝叶繁茂的橄榄树，旁边就是那个美好而阴幽的山洞，那是名为尼埃的女神们的圣地；在那树荫下的山洞里你曾经向女神们多次献过祭，有过灵验；那边还有树木繁生的尼瑞通山。”

女神说完，就让雾气散去，使土地显现眼前。饱经忧患的英雄看到故乡土地，感到庆幸，非常高兴；他吻了那生产谷物的土壤，然后伸出手向山林女神们祷告道：“尼埃女神们，宙斯的女儿，我以为我不会再看到你们了；现在我居然又能欢迎你们，向你们热情祷告；只要赐人猎物的天帝女让我活下去，并让我儿子长大成人，我将像过去一样向你们献上祭礼。”

明眸女神雅典娜回答道：“放心吧，不要担心这些事。现在我们要赶快把你的财物放到那神圣的山洞深处，安全贮藏起来，然后我们再计划下一步怎样做最好。”

女神说完话，就走进那阴暗的山洞，查看洞的深处，奥德修把腓依基人赠送的全部财物，黄金、坚硬的青铜器皿还有精美衣裳，都搬到洞里，妥善放好。持盾之神宙斯的女儿帕拉雅典娜又在洞口放了一块大石头。然后他们就坐在神圣的橄榄树下，计划怎样杀掉那些狂妄无礼的求婚子弟。明眸女神雅典娜首先说道：“神裔拉埃提之子，足智多谋的奥德修，你要考虑怎样一下子制服那些无耻的求婚子弟。他们在你家里篡夺权力已经有三年之久；他们向你的高贵的妻子求婚，送给她聘礼，她一直悲伤着等你回家；她一方面不拒绝他们，传递给他们消息，让他们保持希望，但同时却怀着别的意图。”

足智多谋的奥德修回答道：“唉！女神，要是没有你把一切事情都清楚告诉我，我真要遭到阿特留之子阿加曼农的噩运，在家里悲惨死掉了。现在请你计划一下，我应当怎样报仇；请你支持我，增加我的勇气，就像我们夺取特罗的辉煌冠冕那时候一样。明眸女神，请你还像当时那样热情支持我；只要你肯大力援助我，同你并肩作战，就是面对三百人我也不怕。”

明眸女神雅典娜回答道：“我一定支援你；到了我们动手的时候，我不会忘记的。我敢断定，那些消耗你家财的求婚子弟总有一些要用他们的血和脑浆溅污广大的土地。现在我要让任何人都认不出你来；我要让你的灵活的肢体和润泽的皮肤布满皱纹，去掉你头上的金黄头发，给你穿上破烂衣服，使人看到都厌恶躲开，我还要把你明亮的眼睛变得昏暗，让所有的求婚子弟，以及你的妻子和留在家中的儿子，都认为你是个卑贱的人。首先你要到你的牧猪奴那里去；他对你是友好的，他也喜欢你的儿子和聪明的潘奈洛佩；你可以在猪群旁边找到他；那些猪正在鸦岩和阿瑞杜沙泉水那里，吃它们喜爱的橡实和使猪肥壮的黑水；你可以同他住在一起，向他打听一切事情。我同时到生产美女的斯巴达地方去，把你的儿子帖雷马科找回来；现今他在拉刻代蒙广野的曼涅劳家里；他是去打听你的消息去的，打听你是否还在人间。”

足智多谋的奥德修说道：“你既然知道一切事，为什么不向他说明？他在荒凉的大海上漂流也许会遇到灾难，而外人又正在消耗他的财产。”

明眸女神雅典娜回答道：“你不必为他过分担忧。我叫他去旅行，为了让他赢得好名声；他并没有受苦，他现在舒舒服服地住在阿特留之子的王宫里，面前摆满无数好东西。虽然有些求婚子弟正在黑色船里埋伏着，想在他回家之前把他杀掉，但是我看那是不会成功的；相反，一些消耗你家财的人倒是先要被埋在土里呢。”

雅典娜说完，就拿神杖碰了他一下，使他的灵活的肢体和润泽的皮肤皱缩起来，去掉他头上的金黄头发，让他身体变得老态龙钟，又使他很明亮的眼睛变暗，给他换了衣服，穿上被烟熏黑的污秽破烂的外套和衬衫，上面又披上一大片脱了毛的鹿皮；她又给了他一根棍子和麻绳挂起的穷人用的破烂袋子。他们商量好了就分头去办事；女神去到美好的拉刻代蒙去找奥德修的儿子。

卷十四

奥德修从港口沿着崎岖山径，经过峰峦林薮，到雅典娜所说的地方去找那个忠心的牧猪奴。那个牧猪奴在英雄奥德修的家奴中是最关心他的产业的。他看见那牧猪奴正坐在他房子前面的院子里；那个院子美好宽大，四面空旷，是牧猪奴为了牧养他主人的猪自己建筑的，他并没有把这件事告诉他的主母和年老的拉埃提；他用巨石筑成院墙，上面栽上刺梨，在墙外又斫下乌黑的槲木，密密层层地插上围桩，在院里他又做了一排猪栏，共十二个，给猪睡觉；每个猪栏里关着五十头睡在地上的猪，都是传种的母猪；公猪都睡在猪栏外面；公猪数目比母猪要少得多，因为那些高贵的求婚子弟把它们吃掉不少；牧猪奴总要把最好的肥猪送去；它们共有三百六十头。四条像野兽一样凶猛的狗经常睡在猪群旁边；也都是那个杰出的牧猪奴养大的。牧猪奴这时正切着光亮的牛皮，给他的脚做鞋子；另外三个奴隶都赶猪到不同地方去了，另外还有一个奴隶被他派进城去给傲慢的求婚子弟送一头猪，供他们屠宰，好称心吃肉。那几条狗忽然看到奥德修，就开始狂吠，并且叫着扑过来；可是奥德修聪明地坐下不动，并且放下手里的棍子；虽然如此，在这个庄园上他还是会受到不幸伤害的，但是牧猪奴立刻把手里的牛皮丢下，快步赶到院子里，向狗呼唤，并且抓一大把石子把它们赶开了。牧猪奴就对他的主人说道："老头子，你差一点被这些狗咬个稀烂，那样你就要怪我了。上天给了我一些别的苦恼；我在这里正为我尊贵的主人伤心落泪呢；我把猪养肥了送给别人吃，我的主人如果还活着，看得见太阳的光辉的话，也许正在异乡什么城镇部落里流荡，没有东西吃。现在跟我来，我们到屋里去吧，老头子；等到你吃饱喝足之后，你可以对我讲讲，你是从哪里来的，经历过什么样的苦难。"

那忠心的牧猪奴说着，就把他带进茅舍，请他进去坐下，给他在座位上放好厚厚的茅草，然后又铺上长胡子野羊的皮，毛又厚又长，那是他自己用的。奥德修看到这样殷勤

奥德修与尤迈奥交谈

招待，很高兴，就对他说道：“先生，希望宙斯和其他天神赐给你所最希望得到的东西，因为你殷勤招待了我。”

牧猪奴尤迈奥回答道：“按照礼节，我不能不尊敬来客，即使来的是比你低贱的人，因为所有外乡人和求援者都是宙斯送来的。我们礼待虽轻，情意却重；奴隶们只能够做到这样，我们害怕那些统治我们的人，我指的是那些求婚子弟。天神们不让我主人回来；我主人很照顾我们；他会给我财产、房屋、土地和大家希望得到的女人；一个好心的主人会这样做的，奴隶为他做种种劳役，上天让他的财产增加；我所关心的家产就是这样不断增加着，所以如果我的主人老年在家里，他会给我很多赏赐的；可是他死掉了；我真希望赫连妮的全家都遭到毁灭，因为那个女人使许多英雄丧命；我的主人也是为了阿加曼农的荣誉才到生产好马的伊利昂去同特罗人打仗的。”

他这样说；他立刻绑好衣带，去到猪栏，那里关着很多猪；他从其中选了两口猪，拿出来宰掉，去掉猪毛，把肉切成片，穿在烤肉叉上；他把肉烤好了，就把全部烤得熟透的肉都放在奥德修面前，上面洒上白麦粉；在藤根制成的碗里他又掺好蜜甜的酒；然后他坐在奥德修对面，请他吃肉，又对他说道：“客人，请吃吧；这些猪肉是奴隶们能够供应的；那些肥猪都给求婚的人吃了；那些人不怕上天惩罚也不同情别人；幸福的天神们是不会喜欢那种坏人的；天神是讲道理、喜欢公平的。强暴的人侵略了别人的土地，上天让他们虏获财物，满载而归，他们心里也很害怕天神惩罚的；这些人却不然，可能他们听到天神的旨意，知道某些情形，认为我的主人已经遭到惨死，所以他们才不用正当手段求婚，连自己家都不回，肆无忌惮地消耗人家的财产，毫不节制。宙斯带来黑夜和白昼，每天他们都不止宰杀一两头牛羊，而且拼命痛饮，浪费酒浆。我的主人的财产是说不尽的；无论是在黑壤的大陆上还是在伊大嘉本岛都没有任何王侯有这样多的财产，就是二十个人加在一起也没有这许多。我现在就给你讲讲；我主人在大陆上有十二群牛，还有同样数目的绵羊、猪和山羊群，牧人有些是家里的奴隶，有些是外乡人；岛上还有一些流动的山羊，一共有十一群，在岛的边缘地带放牧，也有忠实的牧人看守，他们每人每天都要选一头最好的肥羊，送到求婚子弟那里；我是看守这些猪的；每天也要挑一口最好的猪给他们送去。”

他这样说，可是奥德修只顾专心吃肉喝酒，保持沉默，只在心里为求婚子弟播下灾难的种子。当他吃饱喝足之后，牧猪奴又用自己喝酒的碗给他斟满一碗酒，请他喝；奥德修接过酒来，心里高兴，就对他恳切地问道："朋友，那位非常富足强大又用家财买下了你的人是谁？你说他是为了阿加曼农的荣誉遭到死亡的。请你告诉我他的名字，我也许认识这个人。我曾经在许多地方漫游，宙斯和其他天神也许让我见过他，能告诉你关于他的消息。"

那杰出的牧猪奴回答道："老头子，任何流浪人到这里报告他的消息，都不能让他的妻子相信；流浪人想得到援助，总会说些谎话，不想说真话。曾经有过那种人游荡到伊大嘉来，向我主母说些假话；她就欢迎那个人，一边问他各项事情，一边流下泪来，悲伤哭泣；女人们总是那样的，如果她们的丈夫死在异乡的话。老头子，要是有人答应给你一件外套和衬衫，你也会立刻编造一个故事的。我看现在野狗和疾飞的鸟大概早已把他的皮从骨头上撕下来了，他的魂魄早已离开躯体；也许他在海里早就被鱼吃了，骨骸留在岸边，深深埋在沙里。他早就死掉了，给他的一切亲人只留下痛苦，尤其是我，因为我再也找不到那么仁慈的主人，无论我到哪里去，即使我回到生我养我的父母家里。我虽然很渴望回到故乡，能够亲眼再看到他们，但是我对他们也没有这样悲伤怀念；我最悲伤怀念的还是死去的奥德修。外乡人，他虽然不在了，我提起他的名字还是非常尊重的；他是很爱护关心我的；他虽然离开了，我还称他是我亲爱的主人。”

久经考验的英雄奥德修就对他说道：“朋友，你既然这样肯定，认为他不会回来了，坚决不肯相信我，那我就要不但这样说，而且要赌个咒；我说奥德修是会回来的。等到他回到家里的时候，我应该得到报告喜讯的奖赏，应该给我外套和衬衫，都要好的；可是在那件事实现之前，我虽然有些需要，也决不接受任何酬劳。这是因为我也讨厌那种由于穷苦而造谣说谎的人，就像厌恶阴间的大门一样。现在我要以众神中的天帝，以这敬客的案几，以我到达的尊贵的奥德修的家灶赌咒；这些事情都会像我所说那样实现的。就在月亮盈亏的短短时期内，奥德修就会来到，回到他家里，向那些侮辱他妻子和他高贵的儿子的人报复的。”

牧猪奴尤迈奥回答道：“老头子，奥德修不会回家的，我也不会给你报告喜讯的酬劳；你还是安安静静地喝酒吧。我们还是想些旁的事情，不要再提这些事了；因为每当有人提到我亲爱的主人，我就心里难过；虽然我一心希望奥德修能够回来，潘奈洛佩和年老的拉埃提和高贵的帖雷马科也都这样希望着，我们也不必管你赌的什么咒。我现在又为奥德修的儿子帖雷马科非常担心；天神们让他长大像一株小树那样；我认为他会像他父亲那样出类拔萃，容貌身材都令人称羡；可是不知道是天神还是哪个人把这个明白人弄糊涂了；他跑到美好的蒲罗去打听关于他父亲的消息，那些狂妄的求婚子弟就设下埋伏等他回来，要让伊大嘉的英雄阿凯西奥绝了后代，不留下名声。我们现在也不要去想他吧；他也许会被捉住，也许会逃掉，反正宙斯会伸出手来保护他的。现在，老头子，给我讲讲你自己的悲惨经历吧；要老老实实地给我讲清楚；你是什么人？从哪里来？你的城邦和父母在什么地方？你是乘什么船来的？航海的人怎样把你带到伊大嘉的？他们又是什么人？我想你总不可能是步行来到这里的。”

足智多谋的奥德修就回答道：“好，我就把真情实况告诉你。我倒愿意我们有足够的粮食和甜酒，在你茅屋里安稳吃喝，让旁人去做工，我可以容容易易地讲一整年，也讲不完我的伤心事，上天降下的种种苦难。我对你说，我来自宽广的克里特岛，我是一个有钱人的儿子，他家里还有几个儿子，都是原配所生的，只有我是他买来的妾所生，但是我的父亲休拉赫之子葛斯陀把我们同样看待。由于他有许多财产和高贵的儿子，克里特人对待葛斯陀像天神一样尊敬，可是死亡终于使他一命归阴；这时他的高贵儿子们抽签分了财产；他们分给我的东西很少，还有一所房子，可是我是勇武多力的，并不懦弱也不怕战斗；我就娶了一个很有财产的人的女儿。现在我的气力全完了，可是我想你从这老树枯枝还可看出当年的丰采；这是因为我受过很多折磨。从前阿瑞和雅典娜给了我勇气；我敢战斗，敢于冲锋破阵，每当我挑选勇士，设下埋伏，为敌人播下灾祸的时候，我的高贵的心从来不害怕死亡；我总是首先进攻，用矛刺杀溃退的敌人；我在战争中就是那样的。我不喜欢干庄稼活，也不喜欢管理家务，养儿育女；我只喜欢摇桨的船舰，战争和锐矛利箭，那些使人害怕的武器；天神使得我爱好这些东西；不同的人总有不同爱好。在阿凯子弟攻打特罗的战役开始之前，我已经九次率领战士快船侵略过旁人，获得了许多财物；我从战利品里挑选留下了我喜欢的东西；后来又抽签得到不少；这样我家很快就富有了，我就得到克里特人的普遍尊敬。后来响雷之神宙斯安排了那一次可恶的远征，使许多战士丧了性命；他们当时派我和高贵的伊多曼留两人带着船舰到伊利昂去；我们无法拒绝人民的严命。阿凯人在伊利昂进行了九年战争；在第十年我们才打下普里安王的都城；我们乘船回去的时候，天神使得阿凯人分散；后来善用智谋的宙斯为我这个不幸的人又设下灾难；我才到家一个月，同我的妻子享受家庭幸福，我的心又叫我出外到埃及，要我准备船只，同勇敢的伙伴一起去；我装备好了九只船，人们很快集合起来；我的忠实伙伴们聚餐了六天；我供给他们很多牛羊，让他们向天神们献祭，同时供应他们自己；到了第七天我们上船，离开宽广的克里特；那时有爽利的北风，航行很容易，好像顺流而下一样；船舰没有任何损失，我们无病无患地坐在船里，听凭顺风和舵手指导方向；在第五天我们来到美好的埃及河口；我们的弯船在河上停下；我命令忠实伙伴们留下看守船舰，又派出哨兵到高处瞭望；可是伙伴仗着他们力量强大，变得骄傲起来；他们立刻去劫掠埃及人的美好村庄，虏获一些妇女幼孺，屠杀当地居民。埃及人听见喊杀声音，清晨从城里赶来；原野上布满步卒车乘和明亮的兵仗；霹雳神宙斯在伙伴中造成恐慌；他们不敢留下来抵抗；他们四面被人包围，埃及人用锐利青铜兵器杀了我们不少人，另一些被活捉带走，强迫为他们服劳役。宙斯当时给我出了一个主意。其实我不如死掉，在埃及结束生命，因为后来还有灾难等待着我哩。我立刻去掉头上的精制的头盔，去掉肩上的盾牌，丢下手里的长矛，然后跑到埃及王的马前，抱吻着埃及王的膝盖；他就开恩饶了我，带我上了车，把我哭哭啼啼地带回去；当时许多敌人拿着槐木长矛冲过来，想把我杀掉，因为他们都很愤怒；但是埃及王拦住他们，免得冒犯宙斯；宙斯是保护外乡人的；要是人做了恶事，他是要来算账的。

“我在埃及停留七年，积聚了不少财富，因为很多人都送给我礼物；岁月转换，到了第八年；那时来了一个善用欺诈的腓依基人，一个骗子；这个人做过不少坏事。他用欺诈的手段，骗我同他一起到腓依基去，他的家产就在那里；我在他家里住了一年；日月流转，一年过去之后，他用谎言打动我，要我同他坐海船到利比亚去；他说是帮他运货，实际上是要把我卖掉，得一笔大钱；我心里也明白，但是被迫同他上了船；当时有爽利的北风吹着，船经过大海中心，过了克里特；这时宙斯给他们安排下灭亡，等到我们离开克里特，一片海天无际，不见陆地的时候，宙斯在弯船上空布满乌云，下面海水变得昏暗；宙斯又打着响雷，向船降下霹雳；在宙斯的霹雳打击下，整个船身发抖，到处是硫磺气味。

大家都从船上落到海里，像乌鸦一样在黑船附近的海水里漂浮，这样上天就剥夺了他们还乡的日子。剩下我一个人非常愁闷；宙斯把黑色船的桅杆放在我手里，好让我逃脱死亡；我就抱着桅杆，任凭风暴吹着我在海上漂浮；我漂流了九天；在第十天夜里滚滚波浪把我带上赛斯普洛特人的土地；那里的国王英雄斐东慷慨招待了我；他的爱子看到我受着寒冷，精疲力尽，用手把我扶起，带我回去，到了他父亲的王宫里，又给我换了外套和衬衫。

“我就是在那里听到奥德修的消息的；国王说奥德修还乡的时候，路过那里；他曾经欢迎招待过奥德修；他还给我看了奥德修所收集的财物，有很多金铜器皿和精制的铁器，足够十代子孙享受；这些都堆积在国王的殿堂上；国王说当时奥德修到多杜尼地方那株高大橡树那里，去听听宙斯的旨意，打听一下在长期离家之后，他应该怎样回到丰沃的伊大嘉，是公开登陆好呢，还是应该秘密进行。国王在他堂上奠酒的时候，还对我发过誓，说船已经拖到海边，伙伴也准备好了，就要送奥德修回到他自己的故乡。

“结果他还是把我先送走了；这是因为他们恰巧有一条船要到生产麦子的杜利奇岛去；国王吩咐他们要把我安全送

到阿加斯陀王那里，可是船上的人起了坏心，要我落到极端痛苦的深渊；那条海船才离开陆地，他们就计划好，要把我当作奴隶；他们脱去我的外套和衬衫，给我穿上另一件褴褛不堪的破烂衣服，就是你现在眼见的这件；这天晚上，他们已经可以清楚看到伊大嘉的田野；他们就用绳索把我紧紧绑在船上桨位旁边，然后赶快下船，到岸上去吃晚饭；但是天神很容易地给我松了绑；我就用破衣裹着头，从光滑的船边滑板上溜下来，伏着身体下海，然后用双手划水；我很快就离开他们，游出水面，上了岸；找到一个开花的林薮，就伏在里面藏起来。他们大声喊着，到处寻找我；后来他们知道再找也没有用，就回到弯船上去了；天神们很容易地把我隐藏起来，又把我带到一个心地善良的好人家里，因为我命里注定还要活下去。”

牧猪奴尤迈奥回答道：“唉！你这个不幸的外乡人，你说的话，你受的苦和漂荡的故事使我很感动；只是我认为你说的有一点不对；你反正不能让我相信关于奥德修的那一段；你这样的人又何必无故造谣呢？我肯定知道我主人是不会回来的了；所有的天神都同他作对；可惜他没有在特罗战役中死掉，也没有在战争结束之后死在亲人手里；要是那样，一切阿凯人就会给他造坟，他的儿子将来也要有大声名。现在他是被一阵风带走了，一点消息也没有。我现在只躲在一边，养我的猪，从不进城，除非是那里有什么消息，聪明的潘奈洛佩叫我去。在那种情形下，大家都要坐在来人周围，提出各种问题；有些人悲伤怀念着离开的主人，有些人高兴白吃他的财产；可是，自从那次一个埃托里人说谎欺骗了我之后，我总不想提什么问题。那个人杀过人，游荡过很多地方，后来到了我们家，我招待了他；他就说，他在克里特地方伊多曼留家里见过奥德修，奥德修当时正在修理被风浪打坏的船；他还说奥德修在夏天或秋收时就要同他的勇敢伙伴们一起回来，要带来很多财物。你这个受尽苦难的老头子，既然天意把你带到这里，你用不着说谎来讨我的好，让我高兴；我尊敬欢迎你并不是为了那些，而是因为我敬畏保护外乡人的宙斯和可怜你。”

足智多谋的奥德修回答道：“你这个人太会疑心，就连我赌咒都不能让你相信。好吧，我们来打一个赌，让主管奥仑波山的天神们给我们作证；要是你主人回了家，你可以送我一身外套衬衫，并且送我到我希望去的杜利奇岛；要是他不回来，同我说的相反，你可以叫奴隶们把我从一块大岩石上扔下去，让以后要饭的不敢再说谎。”

那杰出的牧猪奴回答道：“外乡人，要是我把你带回家招待你，然后又来杀你，结果你的性命，那我在世上真要得到好名誉了；那样我非要苦苦哀求阏阆之子宙斯，请他饶恕不可。现在我们该吃饭了；希望我的伙伴们快点回来，我们就可以在屋里准备一顿好吃的晚饭。”

他们这样交谈着；这时别的牧猪奴都赶着猪群回来了；他们把母猪关在它们经常睡的猪栏里；被关起的猪发出很大的叫声。那杰出的牧猪奴就吩咐伙伴们道：“捉一口最好的公猪；我来宰掉它，招待这位远道来的客人，同时自己也可以享受一下；我们为这些白牙的猪长年受尽辛苦，结果却供给旁人白白吃掉。”

他说着，就拿起无情的铜斧砍碎一些木柴；伙伴们带过来一口五岁的肥猪，放在灶旁；牧猪奴心地善良，没有忘记向永生天神献祭；他首先把这口白牙的公猪头上的鬃毛丢到火里，向所有天神作了祈祷，希望足智多谋的奥德修能够归家；然后他站起来，拿起一根留下没有砍的橡木，把公猪一下打死；他们切断猪的喉管，把猪毛去掉，很快把猪身切开；牧猪奴从每一部分都取下献祭用的肉，放在猪油上，然后撒上麦粉，丢到火里；把其余的肉切碎，串起来，仔细烤熟；然后从叉上把烤肉都抽下来，堆在盘上；牧猪奴又站起来分肉；他分肉很公平，共分成七份；一份放在一边，献给山林女神和迈雅的儿子赫尔墨，又向天神作了祈祷；其余的肉分给众人，把那口白牙公猪的里脊肉分给奥德修；他主人，那足智多谋的奥德修很高兴，就对他说道："尤迈奥，我希望天父爱护你正如你对待我这样；我虽是个不幸的人，你却给了我最好的肉，对我表示尊敬。"

牧猪奴尤迈奥回答道："吃吧，不幸的外乡人，享受我们所能供应的东西吧。上天可以任意赏赐人或夺去人的东西；天神们是无所不能的。"

他说完，就向永生天神们献了第一份肉，又奠了灿烂的酒浆，把酒杯交到攻城夺寨的奥德修手里，然后在自己的席位上坐下。麦骚留给他们分了麦饼；这个奴隶是牧猪奴尤迈奥在主人外出期间买来的；他用自己的钱把他从达菲奥人那里买来，没有告诉女主人和年老的拉埃提。他们伸手取食面前的盛肴；他们吃饱喝足之后，麦骚留把食物拿开；他们吃饱了麦饼和烤肉，就准备去休息了。这时黑夜已经降临，天阴没有月亮，整夜都下着雨，潮湿的西风猛吹。奥德修想要试探一下牧猪奴尤迈奥，就对大家讲了一段故事，他想看看，尤迈奥既然对他很关心，会不会把自己外套脱下给他，或借给他别的伙伴的外套。

“尤迈奥和各位朋友，请听我讲几句话；我带着请求的目的要讲一个故事。令人头脑糊涂的酒使我说这些话；酒是可以使一个谨慎的人唱歌、傻笑和跳舞，说些不该说的话的；可是我既然已经开了口，我也不必隐瞒了。我真希望我像从前那样年轻有力；我们有一次在特罗城下准备偷袭；当时决定由奥德修和阿特留之子曼涅劳率领军队，另外一个将领就是我；我们到达城外高墙下，就穿着盔甲躺在密密的榛莽里，在芦苇沼泽之间；那时北风停了下来，冷得冻死人的黑夜降临，天上还下着大雪，密密层层像一层繁霜，连盾牌上都结了冰。其他战士都有衬衫、外套，舒舒服服地睡觉，用盾牌遮盖住肩膀；只有我糊里糊涂地把外套留给伙伴们了，因为我认为不会冷的；我只带着盾牌，穿着灿烂的衬衫。到了三更时分，星辰开始沉下；我用手肘推推靠近我的奥德修，让他注意，对他说道：‘神裔拉埃提之子，足智多谋的奥德修，我活不下去了；我冻坏了；我没有穿外套，天意使我只穿了一件衬衫；现在再也无法逃脱了。’

“我这样说；他就想出一个主意；奥德修在战斗和用计谋方面都是很出色的。他小声对我说道：‘你现在不要响，不要让别的阿凯战士听到你。’然后他撑着手肘，抬起头来说道：‘朋友们，请听我说；我睡着的时候，天神给了我一个梦；我们离开船队很远；哪个人愿意去给阿特留之子阿加曼农，我们的主帅，送一个信，看他能不能从船上再多派一些人来。’

“他这样说，安德莱蒙之子托雅立刻站起来，丢下他的紫色外套，就向着船队方向跑去了。我盖上他的外衣，非常高兴，后来金座的曙光就来到了。我希望我现在还是那样年轻有力，要是那样，庄上的牧猪人就会借给我一件外套；一方面表示友好，一方面也是对战士表示尊重；现在我穿得破破烂烂的，人们都看不起我了。”

牧猪奴尤迈奥回答道：“老头子，你讲的故事很好；你说话很有分寸，不会没有效果，我们不能让一个饱经忧患的求援者缺少铺盖衣服和其他东西，只是到了明天早晨，你还要披上你的破衣服，因为我们这里没有多余的外套和替换的衬衫送给你；我们每人只有一件。等到奥德修的儿子到来，他会送给你一件外套和衬衫的，而且还会送你到你想去的地方。”

他说完，就站起来，给奥德修在火旁放好一张床，上面铺上山羊绵羊的皮；奥德修躺下休息，身上又盖了一件又大又厚的外套，那是牧猪奴自己在严寒季节留着自己替换的。这样奥德修就睡觉了；其他年轻人睡在他旁边；只有牧猪奴不愿意离开猪群，睡在屋里；他就准备到外面去睡觉；奥德修看到尤迈奥在主人不在的时候还关心主人的财产，十分高兴。尤迈奥首先在他结实的肩上挂好利剑，披上一件很厚的外套来挡风，又拿起一张成年的大羊的皮，还拿了一根锐矛来对付狗和坏人；他就出了房子到那些白牙的猪躺着的地方，在一块背着北风的突出岩石下面睡觉。

卷十五

这时帕拉雅典娜来到了拉刻代蒙广野，去提醒英雄奥德修的高贵儿子，催他早早动身回家；她看到帖雷马科和奈斯陀的高贵儿子正在光荣的曼涅劳的前殿睡觉；奈斯陀的儿子睡得很熟；帖雷马科在漫漫长夜里却还在想念他的父亲，没有睡着。明眸女神雅典娜来到他身边，对他说道："帖雷马科，你要是离家漫游太久就不合式了；你在家里留有财产，那里又有那样狂妄的人；要是让他们把你所有的财产都吃光分掉，你的旅行就徒劳无益了。你应该催催那叱咤善战的曼涅劳，要他送你回去，乘着你尊贵的母亲还在家里；现在她的父兄已经劝她改嫁给尤吕马科了，因为那个求婚人的礼赠超过所有的人，而且他又增加了聘礼，你不要让她不得到你的同意，就从家里把财物带走；你要明白女人的心意；她总是希望增加她所嫁的人的财产；至于她过去的孩子和已死的前夫，她就再不想起也不去管了。你回到家里，应该把所有的财产交给你认为最可靠的女奴，一直等到天神给你安排一个高贵的妻子。我还要告诉你一件事，你要好好记住。求婚子弟中一些最厉害的人正在伊大嘉和多山的萨弥岛中间海峡设下埋伏，打算在你还乡之前杀掉你，可是我看他们不会成功的；相反，一些消耗你的财产的求婚子弟倒是先要被埋到土里的。你要日夜航行，让你的精制的船远远离开那些岛屿。永生天神会给你顺风，会保护你。等到你到了伊大嘉的前沿地带，你要让船带着伙伴们先到城里去；你自己要去找那看守猪群的牧猪奴；他对你赤胆忠心。你可以在他那里过夜，再叫他进城去送消息给聪明的潘奈洛佩，告诉她你已经从蒲罗回来，而且安全无恙。”

她说完话，就回到高高的奥仑波山去了。帖雷马科把奈斯陀之子从好梦中唤醒，用脚跟碰碰他，对他说道：“醒醒吧，奈斯陀之子培西斯特拉陀，把你的健蹄的马驾在车上，我们就可以上路了。”

奈斯陀之子培西斯特拉陀回答道：“帖雷马科，我们就是急着想动身，也不能在黑夜里驾车呀。早晨就要到了；还是等着擅长用矛的阿特留之子英雄曼涅劳拿出赠礼，放在车上，向我们致辞告别之后再走吧；一个客人总要想到殷勤招待他的主人。”

他这样说；不久金座的曙光降临；叱咤善战的曼涅劳从他床上华鬘的赫连妮身边起来，走到他们那里；奥德修的英雄儿子看到他来了，就赶快穿上灿烂的衬衫，在健壮的肩上披上宽大外套。英雄奥德修之子帖雷马科出了门，走到曼涅劳身边，向他说道：“神裔阿特留之子，众人之王曼涅劳，你该送我回到故乡去了，因为我想回家哩。”

叱咤善战的曼涅劳回答道：“帖雷马科，你要是想回去，我也不能长久留你在这里。我不赞成那种招待过分殷勤或过分冷淡的主人；凡事都应该做得恰好。要是客人不想走却催他上路，或者客人急着想走却留住他，这两种都同样不好；我们应该好好招待来客，可是当他想走的时候就应该送他上路。首先让我拿来美好礼品，放在车上，使你亲眼看到；我还要吩咐女人拿出丰盛食物，在殿上准备好午饭；我要做好两方面的招待，一方面用礼物表示尊敬，另一方面供应饮食，让你们在酒宴之后再开始漫长的旅程。如果你想周游希腊和阿戈中心，我可以驾车陪你去拜访许多城邦；他们不会把你空手送走的，每人总会送你一件礼物，一个精制的铜鼎铜盘或一对健骡或黄金酒爵。”

谨慎的帖雷马科回答道：“神裔阿特留之子，众人之王曼涅劳，我想现在就回家去，因为我出门时没有留下人看守我的财产；我既不希望在寻找我的英雄父亲的途中遭到死亡，也不愿意家里丧失宝贵财产。”

叱咤善战的曼涅劳听了这话，立刻就叫他的妻子和女奴拿出丰盛食物，在殿上准备好午饭。波依多之子埃特奥留离这里不远；他才从床上起来，来到曼涅劳身边。叱咤善战的曼涅劳叫他生火烤肉；埃特奥留就去照办。曼涅劳自己去到熏香的库房；同他一起去的还有赫连妮和迈加盘提。他们到了存放宝器的地方，阿特留之子挑了一个双耳酒盅，又叫他儿子迈加盘提拿出一个银碗；他高贵的夫人赫连妮到了衣箱前面，那里存放着她手制的五色斑斓的衣袍；她拿出一件漂亮宽大的锦袍，那件衣服像星星一样发出光芒，把它放在其他礼物下面。然后他们出来，穿过殿堂，回到帖雷马科那里。黄发的曼涅劳对帖雷马科说道：“帖雷马科，但愿希累女神的配偶，那位主掌霹雳的宙斯使你称心如意，重返家园；现在我要送给你我财宝中最美好珍贵的东西；我要送给你一个精制的酒盅，全部是银的，镶着金边，那是赫费斯特制作的，是我在归家途中遇到息东尼王英雄腓第谟的时候，他送给我的。我愿意把它转送给你。”

英雄阿特留之子这样说，就把那双耳酒盅交给他；健壮的迈加盘提也拿来那灿烂的银碗，放在他面前；美貌的赫连妮又走过来，把那件锦袍放在他手里，对他说道：“亲爱的孩子，我也要送给你一件礼物；这是赫连妮手制的纪念品；等到你的长久盼望的婚期到来，这可以给你妻子穿；在此以前，你可以把它放在家里，交给你母亲保管。我也祝贺你高高兴兴地回到故乡和你的精筑的宫邸。”

她说了，就把那件锦袍放在他手上；帖雷马科接受了礼物很高兴；英雄培西斯特拉陀又把礼物拿过去，放在车厢上；他观看这些礼物，十分惊异。黄发的曼涅劳把他们带到宫里，请他们在座椅上坐下；侍女用美丽的金壶带来洗手水，倒在银盆里给他们洗手，在他们面前摆好光滑的餐儿。庄重的女管家拿来麦饼，放在他们面前，又摆好各种菜肴来殷勤招待客人；波依多之子站在一边切肉，分成许多份；显耀的曼涅劳的儿子斟上酒；他们就开始动手吃面前的盛馔；他们吃饱喝足之后，帖雷马科和奈斯陀的高贵儿子驾好马，上了彩饰的马车，出了回响的前廊和门口。阿特留之子，黄发的曼涅劳，在后面跟着，右手拿着金杯，盛满蜜甜的酒，好在他们动身前敬酒。他站在马前，向他们敬了酒，说道："年轻朋友们，再见了，给我向首领奈斯陀问好；当我们阿凯子弟在特罗战斗的时候，他对我像父亲一样慈爱。"

谨慎的帖雷马科对他说道："天神的后裔，我们回去之后一定像你吩咐的那样告诉他；我也希望等到我回到伊大嘉的时候，我在家里可以看到奥德修，我就要告诉他我怎样受到你的种种热情款待，而且还带走很多宝贵礼物。"

他说话的时候，一只鹰在右边飞过，爪子抓着一只巨大的白鹅，那是院里的家禽；男人和女人都追着喊叫；那只鹰从马车右边掠过去，离他们很近。他们看到这个征兆很高兴，心里充满喜悦；奈斯陀之子培西斯特拉陀就在众人中问道："天神的后裔，众人之王曼涅劳，请你考虑一下；天神是为你作出这个征兆呢，还是为我们作的？"

他这样问；被战神宠爱的曼涅劳正想着应该怎样正确理解这个神兆，长裙的赫连妮抢先发言道："请听我来解释；我将根据永生天神给我的暗示作一个预言，我认为会应验的。

就像那只鹰离开了它的住处和亲族从山里飞来，把那个养在家里的鹅抓走，奥德修在经受很多苦难，在很多地方流荡之后，将要回到家里报仇，他现在已经到家了，正为全体求婚人播下灾祸。”

谨慎的帖雷马科对她说道：“但愿神后希累的配偶，主掌霹雳的宙斯让这件事实现；如果是那样，我回到家之后，将向你献祭，拿你像天神一般看待。”

他说完话，就用鞭子打马一下，马很快地向原野跑去，经过城镇，整天带着缰辔奔驰。太阳落下，一切道路变得昏暗。

他们到达菲拉，来到狄奥克雷的住处；狄奥克雷是阿菲奥的儿子奥提罗科所生。他们在那里住了一夜；主人招待了他们。当那初生的有红指甲的曙光刚刚呈现的时候，他们驾好马，上了彩饰的马车，出了回响的前廊和门口。他用鞭打马，两匹马很顺从地向前奔驰，不久就到了蒲罗的崇高城堡。这时帖雷马科对奈斯陀的儿子说道：“奈斯陀之子，你肯不肯答应我一件事？我们先代就很友好，我们长久有过交往，我们又是同样年龄，这次旅行更使得我们亲密无间。天神的后裔，我请你不要把我带过停船的地点，把我就留在那里吧，免得老人家非常想要招待我，一定要把我留在家里。

我必须立刻回去哩。”

他这样说；奈斯陀之子考虑了一下，想想应该怎样正确回答他；后来觉得那样做要好些。他就让马车来到快船和海岸那里；他把那些美好礼物，曼涅劳所赠送的黄金和衣服搬出来，放在船头；然后催促着帖雷马科，对他认真地说道：“现在，在我回去报告老人之前，赶快上船吧；让你的伙伴们也都上船。我心里很清楚；他的脾气很倔强，不会让你走的；他一定会自己跑来，要你回去；他不肯空跑一回；他会非常生气的。”

他说完，就赶着华鬃的马回到蒲罗城，很快到家了。这时帖雷马科催促着伙伴们，吩咐他们道：“伙伴们，把黑色船上的船具准备好，我们赶快上船动身吧。”

他这样说；他们立刻照办，很快地上了船，在桨位上坐好。当帖雷马科正忙着这些事，并且在船头向雅典娜女神祷告献祭的时候，一个远方来客来到他面前。这个人是一个预言者；他因为杀了人从阿戈逃亡来到这里；他的祖先是美阑波，原来也住在出产绵羊的蒲罗，是蒲罗人中一个财主，有一所很大府宅；后来为了逃避高贵的尼奈奥，才离开故乡，逃亡到外地。尼奈奥在一年之间霸占了他的许多产业。美阑波这时为了尼奈奥的女儿的缘故，也由于给人沉重打击的复仇女神使他严重丧失理智，被残酷束缚在佛拉吉，忍受苦难；可是他终于逃脱死亡，把哞哞叫着的牛群从佛拉吉赶到蒲罗，并且对英雄尼奈奥的强暴行为作了报复，把尼奈奥的女儿带回去，嫁给他的兄弟。后来他又到外地去，到了牧马的阿戈地方，因为命里注定他要在那里定居，成为阿戈的国王；他在那里娶了妻，又建筑了高大宫殿，又生了两个健壮的儿子安提法特和曼提奥。安提法特生了英勇的奥伊克雷，奥伊克雷生了冲锋破阵的安菲阿拉奥。安菲阿拉奥是持盾之神宙斯和阿波龙非常宠爱的，但是他没有活到老；由于妇人的礼物他死在塞拜。他生了两个儿子阿克迈翁和安菲洛科。至于曼提奥，他生了波吕菲底和克列托，可是金座的曙光看到克列托的美貌，就把他抓走了，让他留在不死的天神行列里；在安菲阿拉奥死后，阿波龙使波吕菲底成为世上最好的预言者。他同他父亲有争执，就离开家乡，到了休培里西亚定居下来，给人作预言。波吕菲底生了一个儿子塞奥克吕曼诺；现在到了帖雷马科身边的就是这个人。塞奥克吕曼诺看到帖雷马科正在黑色的快船边奠酒祷告，他就以恳切的口吻对帖雷马科说道：“朋友，我看到你在这里献祭；我要以你所献祭的牺牲，你所尊敬的天神，以及你和跟随着你的伙伴的性命的名义，向你乞求援助。请你老实告诉我，毫不隐瞒，你是什么人，从哪里来的，你的城邦和父母在什么地方。”

谨慎的帖雷马科对他说道：“客人，我就实实在在地告诉你。我出生在伊大嘉。我的父亲是奥德修；或者说，他曾经是我的父亲；他现在大概遭到噩运死掉了。就是为了他，我现在才带着黑船和伙伴到这里来，打听关于我长久离家的父亲的消息。”

高贵的塞奥克吕曼诺又对他说道：“我也同你一样离开了家乡；我杀了一个同族的人；那个人在牧马的阿戈地方有很多兄弟和亲戚，在阿凯人中很有势力；为了避免他们加害于我，逃脱死亡和不幸命运，我不得不在各地流浪。作为一个逃亡者我向你祈求，请你让我上船，不要叫他们杀掉我；我知道他们是在追赶着我哩。”

谨慎的帖雷马科对他说道：“你既然要来，我总不能把你从长船上赶走。你跟我来好了；到了我们那里，我们将尽我们所有来招待你。”

他这样说，就把塞奥克吕曼诺的铜矛接过来，平放在弯船的船板上，自己也上了船；他坐在船尾，让塞奥克吕曼诺坐在他旁边，伙伴们解开船尾的绳子；帖雷马科叫伙伴们赶快拿起船上的索具，他们立刻照办；他们举起松木桅杆，把它立在空槽里，用支索把它绑紧，又用拧紧的牛皮绳把白帆拉起。明眸女神雅典娜从天上送来一阵强劲的顺风，使船尽快渡过苦咸的大海。他们经过克鲁尼和有清泉溪流的加尔吉岛。太阳降下，所有的道路都变得昏暗；这时船被天神降下的顺风推送着，经过菲埃岛，然后又过了美好的埃培奥人统治的埃利岛；帖雷马科让船尽快穿过海峡，担着心不知道能否逃脱死亡，还是要被人捉住。

这时奥德修和那个杰出的牧猪奴两人正在茅舍里吃饭；其他的人也在旁边进餐；他们吃饱喝足之后，奥德修在众人中间讲了话；他要试探一下牧猪奴，看看他是打算继续友好招待他，请他留在庄园上，还是打算催他进城去。

“尤迈奥和其他伙伴们，请听我的话。明天清早我打算进城讨饭去了，免得给你们增加负担。请你给我出些好主意，并且派一个好向导带我去；我到了城里，不得不到处流荡，希望有人给我一杯水喝，一块饼吃；我也要到高贵的奥德修家里去，给聪明的潘奈洛佩送个信，到那些狂妄无礼的求婚人中间，希望他们肯给我一顿饭，因为他们吃的东西是很多的；我可以按照他们的意愿，好好侍候他们；我可以告诉你，你要注意听；由于报信神赫尔墨的恩慈，那位天神是赐给劳动人民幸福和光荣的，在干活方面，无论是生个好火，劈些干柴，或是切肉烤肉斟酒，这一类卑贱的人服侍高贵的人的事，任何人都比不过我。”

牧猪奴尤迈奥听见这话很不高兴，就对他说道：“唉，外乡人，你怎么会有这个念头？要是你打算到那些求婚子弟那里去，你简直是要找死；那些人的狂妄粗暴直达苍穹；你不是侍候他们的那种人；他们的奴仆都是年轻小伙子，穿着好衬衫、外套，头发光光的，脸漂漂亮亮的，给他们在光滑的餐几上摆满酒肉粮食。你还是留下吧；你在这里，没有人讨厌你，我同跟我一起的伙伴们都一样。等到奥德修的儿子回来以后，他会送给你一身衬衫、外套，再送你到你想去的任何地方。”

久经考验的英雄奥德修回答道：“尤迈奥，但愿天父爱护你就像你爱护我一样。你不让我受到苦难，要我停止流荡。到处流荡实在是人世上最倒霉的事，但是为了那可恶的肚皮，人们往往不得不流荡受苦受难，遭到不幸。既然你要挽留下我，叫我等你的主人回来，那就请你给我讲讲，高贵的奥德修的父母现在怎样？当他离开他们远征的时候，他们已经到达老年的门槛了；他们还生活在阳光之下吗，还是已经死去，到阴间去了？”

那杰出的牧猪奴回答道：“外乡人，这些事我都毫不隐瞒地告诉你。拉埃提现在还活着；他经常向宙斯祷告，希望他的生命能早日离开躯体，让他在家里死去；他为他失踪的儿子非常伤心，也为他聪明的妻子悲痛；她的死亡使他很难过，使他老态龙钟；奥德修的母亲死得很凄凉；她是因为想念她高贵的儿子而死去的；但愿在我这里的朋友和亲人都不像她那样死去。老主母在世的时候，她虽然很伤心，我总是很乐意去向她问安；就是她把我同她的最小孩子，她的高贵女儿，长裙的克提曼尼一起带大的；我们一起被抚养；老主母对待我跟她自己的儿女完全一样。当我们到了渴望的成年时期，她女儿嫁到萨弥岛去了，得到许多聘礼；老主母送给我很好的衬衫、外套和鞋子，把我送到庄园上；她一直是非常爱我的。现在我没有那种待遇了，可是幸福天神们使我管理的这部分产业发达兴旺，所以我还有吃有喝，可以招待尊贵的客人；可是从我主母那边我听不到什么好消息，无论是言语或是行动，因为家里出现了祸害，我指的就是那些狂妄的人。奴仆们最希望的也就是能够同主人谈话，了解各种各样事情，有吃有喝，能带些东西回到庄园；这些就是他们高兴的事。”

足智多谋的奥德修回答道：“唉，牧猪人尤迈奥，你大概是在幼年就离开故乡、离开父母流荡到远方的；请你毫不隐瞒地给我讲讲这些事好不好？你的尊贵的父母所居住的广衢都城是被人攻破了吗？还是当你独自放牧的时候，有敌人把你带到船上，又把你重价卖给这里的主人？”

那杰出的牧猪奴回答道：“客人，你既然想知道这些事，就请静静地听，坐着边喝酒边欣赏吧。好在夜还很长，有足够睡觉的时间，也有时间可以欣赏故事；你也不需要过早休息；睡多了也并不舒服；至于旁人，谁想睡觉就去睡吧；等到天亮你们可以吃了饭就给主人赶猪去。我们两个人可以在茅舍里喝酒吃肉，彼此欣赏故事，回忆悲惨遭遇；一个人要是长期流荡受过很多苦难，事后回想起当年的苦处也还是很有味道的。现在我就给你讲讲你所问我的事。

“有一个海岛名叫叙利亚，你大概也听到过的；它是在太阳开始西沉的地方，在奥屠吉的北面；那里人口不多，但是土地肥沃，牛羊成群，还有葡萄和小麦；那里从没有饥荒，也没有痛苦的病恙落到可怜的凡人头上；人们一到了老年，银弓之神阿波龙和阿特密就来了，用温柔的箭把他们射死。这岛上有两个都城，分管整个地域；我的父亲，高贵的奥曼诺之子克提西奥是两城的王。航海著名的腓依基人，那些骗子，常到岛上去，用黑船带去大批首饰和玩具。我父亲家里有一个腓依基女仆，美好健壮而且手艺很好；狡诈的腓依基人就来诱惑她；当她到他们弯船边去洗衣服的时候，一个人就同她调情。即使是一个正派女人，恋爱也会迷惑她的心意的。那个人就问她是谁，从哪里来，她给他指出我父亲的高大宫邸，并且说道，‘我告诉你，我原来是在生产铜器的息东尼地方；我是阿吕巴的女儿，他的钱财像流水一样，可是当我走过田野的时候，我被达菲的海盗抢走，带到这里，重价卖给这里的主人的。’

“那个同她私合的人就问她道：‘你想不想现在跟我们回去，重见你父母的高大宫邸和他们本人？他们都还健在，据说他们很有钱呢。’

“那妇人就回答道：‘水手，我当然愿意，只要你们赌个咒，答应一定把我安全送回家。’

“她这样说；他们全体都按照她说的赌了咒；他们做好

阿波龙和阿特密射箭

仪式之后，她就对大家说道：‘现在你们要保持沉默；如果哪一个在街头或泉水旁碰到我，不要同我讲话，也不要让人到那老头子的家说明我们的关系。他如果起了疑心，是会用沉重锁链把我绑起来，而且要设法毁掉你们的。你们要记住我的话。你们要尽快做买卖；等到你们的船装满了货物的时候，立刻派人来给我送信；我可以顺便带走一些金器；我还愿意再送上一件货物作为我的旅费。在我主人家里我看管着他的一个孩子；这孩子很聪明，常跟我一起出门；我可以把他带到船上来；等你们到了说不同语言的外国人那里做买卖的时候，你们可以把他卖不少钱哩。’

“她这样说，就回到那美好的宫邸去了。腓依基人在我们那里停留了整整一年，换得很多货物，装到弯船上；等到船装好了，可以动身的时候，他们就派一个狡诈的人到我父亲家里去通知那个妇人。他带来一个金项圈，上面串着琥珀珠。家里的女奴和我尊贵的母亲用手抚弄并欣赏这串珠子，同他讲价钱，这时他一言不发，只对那个妇人点了点头；他对她点头示意后，就回到弯船那里；那妇人拉着我的手也出去了；在经过前殿的时候，她看到同我父亲一起饮宴的人都去参加群众会议和讨论去了，留下他们的餐几和酒杯；她就拿了三个杯子，藏在怀里带走了；我也糊里糊涂地跟着她走。这时太阳落下，一切道路都变得昏暗。我们很快来到那美好的港口，腓依基人的快船就在那里停泊。他们上了船，把我们也带上船，开始在海上航行；宙斯送来一阵顺风；我们日夜航行，走了六天；等到阋阆之子宙斯带来第七天的时候，善射的女神阿特密把那妇人射死了；她像一只海鸥一样突然倒在船舱里。他们把她丢给鱼和海狗猎食，留下我非常悲痛；后来风浪把他们带到伊大嘉，拉埃提就出钱把我买下来了；这样我就看到了这个地方。”

神裔奥德修回答道：“尤迈奥，你所说的各项苦难遭遇都使我非常感动，可是宙斯在这件事上也化祸为福，因为在经历许多苦难之后，你终于来到一个好心人的家里；他给你肉吃给你酒喝，对你照料得很周到，让你生活得很好；我却是在许多地方漂流之后，才来到这里。”

他们就这样交谈，然后又躺下休息，睡的时间不长，不久华座的曙光就到来了。这时帖雷马科的伙伴们也到了岸边；他们卷起船帆，很快取下桅杆，用桨把船摇到停泊的地方，扔下石锚，把船尾的绳系好，然后离开船上岸，准备好饭，掺好灿烂酒浆。他们吃饱喝足之后，谨慎的帖雷马科发言说道:“现在你们乘黑色船进城去吧。我要先到庄园和牧人那里去，到了晚上我视察完了农活再进城。明天早晨我将付给你们这次旅行的报酬，请你们大吃一顿，有肉有甜酒。”

这时高贵的塞奥克吕曼诺问道:“亲爱的孩子，你说我应该到哪里去？是去找另一位统治崎岖多山的伊大嘉的王侯好呢，还是一直到你母亲和你的家里？”

谨慎的帖雷马科回答道:“如果我家里是另一种情形，我当然要请你到我们家去，因为我们并不缺乏招待客人的东西；但是现在对你也许不太合式，因为我不在家，我母亲也不会看到你；她在家里是不在求婚人前露面的；她远离他们，住在楼上纺织。我可以告诉你另一个人，你可以到他家去，我指的就是聪明的波吕伯的高贵儿子尤吕马科；伊大嘉人现在对他像天神一样尊敬，他比众人更高贵；他也想要娶我的母亲，取得奥德修的光荣；只有住在天上奥仑波山的宙斯才能知道这些人会不会在结婚之前遇到不幸。”

在他说话的时候，有一只鸟从他右边飞过；这是一只鹰，阿波龙的快速使者；它从船身和帖雷马科之间掠过，爪里抓住一只鸽子；它撕着鸽子，洒下毛羽。塞奥克吕曼诺把帖雷马科叫到一边，离开伙伴们，就抓着他的手，向他说道:“帖雷马科，这只鸟在你右边飞过决非偶然；我一看就知道这是上天降下的预兆；在伊大嘉只有你的家族应该为王，你们将永远比别人更强大。”

谨慎的帖雷马科回答道：“客人，但愿你的话能够实现，那样你将立刻得到我的盛大招待和许多礼物，使得看到你的人都羡慕你。”

他就对他的忠实伙伴培莱奥说道：“克吕提奥之子培莱奥，在一切方面你比同到蒲罗去的其他伙伴更听我的话；现在请你把这位客人带到你家去吧；要好好招待他，尊敬他，一直到我来的时候。”

善用长矛的培莱奥回答道：“帖雷马科，即使你在这里逗留很久，我也可以负责招待他；他将不会缺少客人应得的一切待遇。”

他说完就上了船，命令伙伴解开船绳动身；大家立刻上了船，在桨位上坐好；帖雷马科在脚上穿好美好的鞋子，又从船板上拿下锋利的巨矛；伙伴们解开船绳，把船推开，开始向都城前进，服从英雄奥德修的儿子帖雷马科的命令。帖雷马科开始很快迈步走向庄园，那里有他的很多猪群，这时在猪群中那个忠贞正直的牧猪奴正在休息。

卷十六

在清晨奥德修和那个杰出的牧猪奴在茅舍里生了火，开始准备早饭，把牧人和猪群都打发走了。帖雷马科走近时，爱叫的狗都围着他摇尾巴，并没有叫。英雄奥德修注意到狗在摇尾巴，又听到脚步走近的声音，就立刻对尤迈奥认真说道："尤迈奥，大概是你的什么伙伴或朋友来了，因为狗没有叫，反而摇着尾巴；我还听到了脚步声音。"

他的话还没有说完，他的爱子已经站在门口；这时牧猪奴正在忙着掺灿烂酒浆；他惊讶地站起来，酒碗从手里落下；他跑过去迎接主人，吻他的头，他的美好眼睛和双手，眼里落下热泪。有如一个父亲经过十年之久欢迎远方归来的亲爱儿子，他的长大成人的独生子，为了孩子他曾忍受很多痛苦，正是这样，那个杰出的牧猪奴拥抱着高贵的帖雷马科，遍吻他的全身，好像他是死去重生的一样。他就流着泪，用激动的口吻说道："帖雷马科，我的甜蜜的光明，你终于回来了。自从你坐船到蒲罗去，我还以为不会再看见你了哩。进来吧，亲爱的孩子，让我看看这个从外地才回来的人，让我高兴一下；你过去也不常到庄园上，到牧奴这里来，而是常留在城里；你难道喜欢看那些作孽的求婚子弟吗？"

谨慎的帖雷马科回答道："老爹，就算是这样吧。我来这里只是为了你，想亲眼看见你，听你讲话，也打听一下我母亲是否还留在家里，还是已经嫁给旁人，使得奥德修的卧床缺乏被褥，挂满了龌龊的蜘蛛网。"

那杰出的牧猪奴对他说道："她还留在你家里坚定不移，日夜流着眼泪，非常痛苦。"

他说着，就把铜矛接过来；帖雷马科跨过石制门槛走进去；他走过来的时候，他父亲奥德修起来让座，但是帖雷马科拦住他，对他说道："客人，请坐吧；我们这里还可以另找座位，这里有人会给我安排的。"

他这样说；奥德修又回去坐下。牧猪奴给帖雷马科在地上铺上新鲜茅草，上面放上羊皮，奥德修的儿子就坐下来。

牧猪奴又在他们面前放好整盘的烤肉，那是他们前一天吃剩的，又忙着在篮里堆满麦饼，在一个藤根做成的碗里掺好蜜甜的酒；然后他面对着英雄奥德修坐下；他们就动手吃面前的盛馔；他们吃饱喝足之后，帖雷马科对杰出的牧猪奴问道："老爹，这位客人是从哪里来的？航海的人怎样把他带到伊大嘉来？那些航海的人是什么种族？我想他总不可能是徒步走来的。"

牧猪奴尤迈奥回答道："孩子，我就实实在在地把这些都告诉你。据他说，他生在宽广的克里特，曾流荡到过许多种族的城镇；上天给他安排了这个命运。现在他从一艘塞斯普洛特人的船上逃出来，到了我们庄园上；我把他交给你，你随意处理好了；他说他是来向你请求援助的。"

谨慎的帖雷马科回答道："尤迈奥，你说的话使我很为难；我怎样能在家里招待客人？我自己年纪还小，如果有比我年长的人向我发火的话，还不能倚靠自己力量抵抗。至于我的母亲，她还没有打定主意，是留在家里同我一起看守房子，尊敬她丈夫的卧床，不让人们议论，还是嫁给一位最高贵的，给她最多聘礼的求婚人。不过既然这位客人已经到你这里来了，我总要送给他一些好衣服，一件衬衫和外套；我还要送给他一把双锋的剑和一双脚上穿的鞋子，再送他到他要去的地方。如果你愿意，你也可以把他留在庄园上；我可以送来衣服和他需要的全部食粮，免得他给你和伙伴们增添负担。只是我不同意他到求婚人那里去，因为他们态度非常恶劣、狂妄无礼；他们会嘲笑他的；那样我将感觉非常难堪。他们人多势大，即使一个有力气的人也不容易对付那样许多人。”

久经考验的英雄奥德修对他说道：“朋友，论理我应当回答你的话，可是我听了你说的话，我的心都要气炸了；你说那些求婚的人在你家里是那样胡作非为，居然违背你的意旨行事；请你告诉我，这是因为你自愿屈服呢？是因为这里的人听了天神的话都反对你呢？还是因为你的兄弟们太不争气？一个人在战斗中总可以依仗自己兄弟的，即使是大规模的战斗。但愿我能变得像你那样年轻，如果我是高贵的奥德修的儿子或者是他自己的话，如果我回到拉埃提之子奥德修的家里，我要不叫他们全部毁灭，就让外地人立刻砍掉我的头颅！就是我单独一个人被他们人多势众打败，我宁愿被杀死在自己家里，也不能对这些无礼行为熟视无睹，让他们在美好的堂上赶走客人，把女仆无礼地拖来拖去，乱倒酒浆，乱吃粮食，肆无忌惮，闹得没完没了。”

谨慎的帖雷马科回答道：“客人，我就毫不隐瞒地告诉你。并不是这里的人都反对我，也不是我的兄弟不争气。不错，一个人在战斗中总可以依仗自己兄弟，即使是大规模的战斗；可是闪阖之子宙斯使得我们家族每一代都是独子，阿凯西奥只生了一个儿子拉埃提，这是奥德修的父亲；他生了奥德修又是独子，奥德修生了我也是独子；他把我一人留在家里，也不再回来；现在家里有许多不怀好意的人，他们都是统治各岛屿的王侯，有杜利奇岛的，萨弥岛的，树木繁茂的查昆陀岛的，还有那些在崎岖多山的伊大嘉的贵族；这些人都向我母亲求婚，消耗我的财产；我母亲没有拒绝这可耻的婚姻，也不能当机立断；他们就强占和浪费我的财产，这样很快就要把我毁了；当然这要看天神的意旨。阿爹，请你现在立刻去通知坚贞的潘奈洛佩，告诉她我已经从蒲罗回来，安全无恙。我将留在这里；你向她单独讲话之后再回到这里来，不要让别的阿凯人知道那件事，因为有许多人正想杀掉我哩。”

牧猪奴尤迈奥回答道：“我知道了，记住了；你的吩咐是有道理的。请你再告诉我这件事，要毫不隐瞒地对我说；

这次进城我要不要到不幸的拉埃提那里去？过去他虽然为了奥德修很伤心，但是当他高兴的时候，他在家里还同奴隶们一起吃喝，忙着搞农活；现在自从你坐船到蒲罗去之后，我听说他不想吃喝，也不管他的田产，只坐着流泪，长吁短叹，身体也瘦下来了。”

谨慎的帖雷马科对他说道：“虽然这很悲惨，我们心里也很难受，我们只能让他去；如果一个人能称心如意，我们首先希望的就是父亲能够回家；你还是送了信就立刻回来；不要在田里闲逛寻找拉埃提；你可以请我母亲立刻派她的女仆悄悄地告诉老人。”

他说完，就催着牧猪奴快去。尤迈奥手里拿起鞋子，穿在脚上，就到城里去了。女神雅典娜知道牧猪奴尤迈奥已经离开庄园，就到他们这里来，变成一个美丽健壮、善作巧艺的妇人的模样。她站在茅舍门口，让奥德修能看见她，但是帖雷马科却看不见，因为天神是可以不向所有的人都显露形象的。奥德修和几条狗看见了她；狗都不敢大声吠叫，只惶恐地小声叫着，躲到另一边去。女神向奥德修点头示意，英雄奥德修看到了，就从屋里走出来，沿着院子的高墙走去，到了女神面前。雅典娜对他说道：“神裔拉埃提之子，足智多谋的奥德修，你现在可以向你儿子说明白，不必隐瞒了。你们可以到那庄严的王城去，给求婚人安排死亡的命运；我将在你身边，因为我也渴望着战斗哩。”

雅典娜说完话，用金杖触了他一下；她使他身上穿起洗得干干净净的外套、衬衫，使他身躯更加高大，使他容光焕发，皮肤变得黑黑的，双颊变得丰满起来，使他下颏的胡须也变得乌黑；她做好这些就走了。奥德修回到茅舍；他的儿子看到他非常惊奇，恐惧得把眼睛躲开，以为是天神显现；他就用激动的口吻向奥德修说道：“客人，你现在变得同以前不一样了，你穿的衣服，皮肤颜色也大不相同；你一定是某位主掌广天的天神。我们将为你献上称心的牺牲和用黄金精造的器皿；请你发慈悲，饶恕我们。”

久经考验的英雄奥德修回答道：“你为什么拿我比作永生天神？我并不是什么天神；我是你的父亲；为了他你曾遭受欺凌，吃了不少苦，叹息悲伤。”

他说完，就吻了他的儿子，虽然以前一直忍着没有流泪，这时眼泪却流过双颊，落到地上。但是帖雷马科还不敢相信这就是他的父亲；他对奥德修说道：“你不可能是我的父亲奥德修；这是天神在捉弄我，要让我更加悲伤难受；因为

雅典娜使奥德修恢复原形

一个凡人是不能利用自己的巧智做到这种事的，只有天神才能随便变老变少。方才你还是一个穿着褴褛衣服的老人，现在你却变得同主掌广天的天神一样了。”

足智多谋的奥德修回答道：“帖雷马科，你不必奇怪，也不必怀疑在这里的就是你父亲；不可能有另一个奥德修到这里来的。我就是奥德修，我饱经苦难，流荡到许多地方，过了二十年才回到故乡。是猎护之神雅典娜让我改变了形状；这是她的主意；因为她有能力把人一时变得像乞丐一样，一时又变成穿着美好服装的年轻人；主掌广天的神做这些事很容易；他们可以使一个凡人尊贵，也可以使他卑贱。”

他说完话，就坐下来。帖雷马科抱着他的高贵父亲，流着眼泪；两个人都想大哭一场；他们痛哭起来，海鹰或钩爪的鸷鸟在他们的羽毛未丰的幼雏被乡下人捉去的时候，它们的啼声还不及他们的哭声急促；他们就是这样悲伤痛哭。到了日落时分他们还要继续痛哭，可是帖雷马科突然问他父亲道：“亲爱的父亲，航海的人怎样把你带到伊大嘉来的？他们自称是哪里人？我想你总不能是徒步走来的。”

久经考验的英雄奥德修回答道：“孩子，我就把事实经过告诉你；把我送来的是航海著名的腓依基人，他们还护送过别的来客；他们让我在睡梦中渡过海洋，把我送到伊大嘉，还给了我珍贵礼物，大量金铜器皿和精织的衣服；按照天神的指示，那些东西都存放在山洞里了；是雅典娜女神叫我到这里来的，为了让我们共同计划怎样杀掉我们的仇人。现在你把求婚人的人数计算一下告诉我，让我知道他们共有多少，是什么样的人；我要好好盘算一下，是我们两个不用别人帮忙就能应付呢，还是要找人帮忙？”

谨慎的帖雷马科回答道：“父亲，我经常听到关于你的勇猛和智谋的威名，可是你现在计划的事太大了，令我非常吃惊；两个人怎么能对付那许多人呢？况且他们也身强力壮；求婚人的数目并不止十个二十个；他们人数多得多。现在我就可以让你知道他们的数目。从杜利奇岛来了五十二个杰出的年轻贵族，有六个随从人员；从萨弥岛来了二十四个；从查昆陀岛来了二十个年轻阿凯贵族；从伊大嘉来了十二个，也都是最高贵的人；同他们一起还有使者弥东和那位天才乐师以及两个擅长切肉的仆人。如果我们在家里遇到他们全体，如果你要对他们的强暴行为进行报复，恐怕只能遭到悲惨的下场。你还是再考虑一下吧；能不能想到什么帮手？有谁自愿帮助我们？”

久经考验的英雄奥德修对他说道："我告诉你；你要记好我说的话。我们有女神雅典娜和天父宙斯帮助我们，这还不够吗？我应该再找别的帮手吗？"

谨慎的帖雷马科回答道："你说的两位帮手当然很好，可是他们高高住在天上，而且他们还管着其他凡人和永生天神的事。"

久经考验的英雄奥德修对他说道："当求婚子弟们在我们家里同我们较量的时候，他们两位不会作壁上观，不会不来参加这场大战的；你到了清晨应该回去，同那些狂妄无礼的求婚子弟在一起；牧猪奴然后会把我带进城，我装作一个不幸的老年乞丐。要是他们在我家里侮辱我，你看见我受欺负的时候，你要忍住脾气；即使他们拖着我的脚，把我拉到门口，或者向我扔东西，你看到这类事也要控制自己。你可以用温和的言语劝阻他们，叫他们停止胡闹，可是他们不会听你的话的，因为他们的末日已经到了。还有一件事我要告诉你，你要记在心里；当善用智谋的女神雅典娜给我暗示的时候，我要对你点一下头；你看到了，就把堂上所有的兵器都拿开，带到高大库房里，放在阴暗角落。如果那些求婚子弟发现兵器不见了，他们来问你的时候，你可以用好听的话欺骗他们说：‘我把它们从有烟的地方拿开，因为它们不像奥德修离开家到特罗去的时候那么光亮；它们都被烟火熏黑了；而且闵阘之子还给了我另一个更大的顾虑；我怕你们喝醉了，争吵起来，自相残杀，而且使得你们的求婚和酒宴成为笑柄，因为铁制的兵器对人是有吸引力的。’可是你要为我们两人留下两把剑、两根长矛和两个手拿的牛皮盾牌；到了时候我们就冲过去拿起它们；帕拉雅典娜和善用智谋的宙斯会迷惑那些求婚人使他们遭殃的。我还要嘱咐你一件事，你要记好；如果你是我的亲生骨肉，你就不要让任何人知道奥德修回来了；不要让拉埃提知道，也不要告诉牧猪奴；不要告诉家里任何人，也不要告诉潘奈洛佩；我们要看看女人的心肠到底怎样。我们还需要试探很多奴仆，看看他们是敬畏我们，还是轻视你这个主人，不把我们看在眼里。”

他的高贵的儿子就回答道：“父亲，我想你会了解我的性格的；我并不是软弱怕事的人。可是我认为你这个计划并不太妥当；我觉得你要再考虑一下。你到田地里找各个奴仆来试探他们，这要用掉很多时间；那些求婚人在我们家里却自由自在，胡作非为，毫不吝惜地消耗我们财产。至于女奴们我倒觉得你应当调查一下，看看哪些是清白无罪的，哪些是给你带来耻辱的；可是我不赞成去试探庄园上的男人；如果你真知道持盾之神宙斯的意旨，这件事将来再做也可以。”

他们就这样交谈。这时那只把帖雷马科和全体伙伴们从蒲罗带来的精制的船已经来到伊大嘉。他们进入港口，把黑色船拖上岸，高贵的侍从取出他们的兵器，立刻把那些美好礼物送到克吕提奥家里；他们派了一个使者到奥德修的宫邸去，向潘奈洛佩报告，告诉她：帖雷马科到庄园上去了，他命令他们先乘船进城，免得尊贵的王后担心落泪。那个使者遇到了杰出的牧猪奴，两人都是向女主人报告同样消息的。他们到达辉煌的宫邸，使者在女奴当中报告道：“王后，你的爱子现在已经回来了。”牧猪奴这时也走到潘奈洛佩身边，向她重述了她的儿子吩咐的话；他报告完毕，就离开宫邸的院子，回到他养猪的地方去了。

这时那些求婚子弟们都非常扫兴；他们离开殿堂，沿着院子的高墙走去，在大门口坐下。在众人中波吕伯之子尤吕马科首先讲道：“朋友们，大胆的帖雷马科这次旅行居然非常成功，这事出乎我们意料之外。我们现在还是挑一只最好的黑色船，集合一些航海的桨手，赶快通知那些人回来吧。”

他的话还没有说完，安菲诺谟在座位上转身看到那只船已经在港口里，桨手们正把帆放下来；他哈哈大笑，对其他的人说道："我们不必送信去了，他们已经到了；也许哪位天神告诉了他们，也许他们自己看见船开过去，可是没有赶上。"

他这样说；他们站起来，去到岸边，立刻把黑色船拖上岸；高贵的侍从把他们的兵器取出来，然后他们就一同到会场去，也不让别的老年人和年轻人同他们坐在一起。在众人中尤培塞之子安提诺首先讲道："唉！天神们又让那个家伙逃脱了灾祸。每天我们一直有人坐在风吹的山岩上眺望，日落时我们也不回到岸边去睡觉过夜，总是在海上快船里等到灿烂曙光降临，给帖雷马科设下埋伏，打算捉住他把他杀掉；可是上天还是把他送回家了。我们还是要设法让帖雷马科遭到惨死，不能让他从我们手中逃走；我认为只要他活着一天，我们的事情就不能成功，因为他足智多谋，而且百姓也都不支持我们。我们要先下手，不要让他把阿凯人召集到会场；我想他是不会耽误时间的；他一定会怒气冲冲地站起来，告诉大家我们打算把他杀死，只是没有捉住他；如果大家听到这些坏事，他们不会拥护我们的；不要让他们给我们造成灾难，把我们赶出家乡，放逐到外地去；我们必须先下手，在田地里或路上把他捉住；我们要把他的家产钱财夺过来，大家按份平分；这所房子我们可以留给他母亲和将来娶她的人。如果你们不赞成这个办法，愿意让他活下去，让他享有全部祖产，那么我们就不必再聚集在这里，消耗他的美好财产。那样每人最好留在家里，向她求婚送聘礼；她可以嫁给她命中注定的，赠送最多聘礼的人。”

他这样说；大家都保持沉默；后来安菲诺谟在众人中讲了话。安菲诺谟是阿瑞提之子国王尼索的高贵后代；他是同另外一些求婚子弟从盛产小麦和牧草的杜利奇岛来的。潘奈洛佩最喜欢听他的话，因为他心肠较好。安菲诺谟这时善意地对大家说道：“朋友们，我不赞成杀掉帖雷马科；杀死一个国王的后代是很可怕的事；我们还是应当先问问天神的意旨；如果伟大的宙斯决定可以这样干，我自己也愿去杀死他，也不反对别人那样做；可是如果天神反对，我就要请你们停止这样做。”

安菲诺谟这样说；大家都同意他的意见；他们就离席回到奥德修的家里；他们进了门，又在光滑的座位上坐下。这时聪明的潘奈洛佩又动了一个念头，想同那些狂妄无礼的求婚子弟们见面，因为她在家里听到他们要杀死她儿子，这是使者弥东听到这个阴谋之后告诉她的。这位高贵夫人带着侍女走进殿堂，到了求婚人那里，站在坚实的大厦的门柱旁边，面上戴着光滑的面纱；她就向安提诺斥责道："安提诺，你这个狂妄无礼计划坏事的人；据说你在伊大嘉是在同年纪的人当中最会讲话最有智谋的，可是看来你不是那样的；你发了疯；为什么要阴谋杀死帖雷马科？宙斯是保护求援的人的；你为什么不帮助求援的人？想暗害旁人是伤天害理的事。你难道不记得过去你父亲害怕民众曾逃到这里来？当时民众非常愤怒，因为他会同达菲的海盗抢掠我们的盟邦塞斯普洛特人；大家想要杀他，夺去他的生命，并且完全没收他的大量美好财产，可是奥德修出来阻拦；虽然他们很想那样办，他终于拦住了他们。现在你却白吃奥德修的产业，向他妻子求婚，而且要害死他的儿子；这使我非常痛苦。我命令你停止；别人也应该打住。"

波吕伯之子尤吕马科对她说道："伊加留的女儿，聪明的潘奈洛佩，你放心好了，不必担心害怕；只要我活着，看到世上的阳光，不会有人对你儿子帖雷马科施加强暴，将来也不会有这样的人；我答应你，说到就要做到，即使有这样的人，我的长矛将使他黑血流溅；因为攻城夺寨的奥德修曾经常把我放在他膝上，给我烤肉吃，给我红酒喝；帖雷马科是我最亲爱的人，请他不必害怕，求婚子弟们不会把他杀掉；当然如果上天降下死亡，那是无法避免的。”

他这样说来安慰她，但是他自己却在策划杀死帖雷马科。潘奈洛佩又回到她明亮的楼上，为她亲爱的丈夫哭泣，一直到明眸女神雅典娜在她眼睫上洒下了睡梦。

在黄昏时候，杰出的牧猪奴又回到奥德修和他儿子那里。这时他们杀了一头周岁的公猪，正准备吃晚饭。雅典娜来到拉埃提之子奥德修身边，用杖打了他一下，又把他变成穿着褴褛衣裳的老人模样，免得让牧猪奴认出他来，怕他会到贞洁的潘奈洛佩那里去报告，不把秘密藏在心里。帖雷马科首先对牧猪奴说道：“好尤迈奥，你回来了；城里有什么新闻？那些高贵的求婚子弟已经从他们埋伏的地方回来了吗？还是继续守着等我回家？”

牧猪奴尤迈奥回答道：“我没有到城里去闲逛，没有去打听这件事情；我只想尽快报告了消息就回来。可是我碰到了你的伙伴的快速使者，他是第一个把消息带给你母亲的。还有一件事是我亲眼看到的；当我走到王城高处的赫尔墨山那里，我看到港口有一只快船停泊，船上装满盾牌和双锋的矛，还有许多人；我猜想那就是他们，可是我不能肯定。”

他这样说；有神圣权力的帖雷马科微笑着，看了他父亲一眼，可是没有让牧猪奴注意到。他们忙完了，准备好晚饭，他们就开始吃。他们尽兴地一起吃饭，吃饱喝足之后，他们就去睡觉，享受天赐的睡梦。

卷十七

当那初生的有红指甲的曙光刚刚呈现的时候，高贵的奥德修的爱子帖雷马科把美丽的鞋子系在脚上，拿起称手的巨矛，准备进城；他对牧猪奴说道："老爹，现在我要进城去，让我母亲看到我；在她没有看到我之前，我想她是不会停止悲伤啼哭的。可是我要吩咐你做一件事，你把这个不幸的外乡人带进城去，他可以到那里去要饭；谁愿意给他一块麦饼吃或一杯水喝都可以。我不能照应所有的客人，因为我心里很难受；要是这个外乡人为这件事不痛快，那是他自己多寻烦恼；我是喜欢讲实话的。"

足智多谋的奥德修对他说道："朋友，我自己也不想留在这里。对于一个要饭的来说，在城里要饭比在田里要好些；在那里总会有人高兴给我东西吃的。我年纪也老了，不合适留在庄园上，样样都听从管事人吩咐。你走吧；等到太阳出来，我在火边烤暖和之后，你所吩咐的人会带我走的。我的衣服太破烂，清晨的霜冻我恐怕经受不住，而且据你说，进城的路也不太近。”

他这样说；帖雷马科快步走出庄园的院子，为求婚子弟们播下灾祸。他来到那宽大的宫邸，先把长矛放下，靠在巨柱旁边，然后跨过石制的门槛走进去。保姆尤吕克累正给精雕的座椅铺上毛毡；她第一个看见他，立刻流着泪跑过来。英雄奥德修家里的其他女奴也一起跑过来欢迎他，吻他的头和肩膀。聪明的潘奈洛佩这时也从她房里走出来，容貌像阿特密女神或金光灿烂的阿芙洛狄谛一样；她流着泪，用双手抱着她的爱子，吻他的头和美好的眼睛，她哭泣着用激动的口吻说道：“帖雷马科，甜蜜的光明，你到底回来了。自从你不征求我同意，偷偷坐船到蒲罗去打听你父亲的消息以后，我还以为我不会再看见你了呢。现在给我讲讲吧，你看到了什么东西？”

谨慎的帖雷马科回答道：“妈妈，我才从凶险的死亡中逃脱，你不要引起我的悲伤，不要扰乱我的心吧。你应该去洗个澡，换上干净衣服，同你的侍女到楼上去向所有的天神祈祷，答应给他们献上牺牲，如果宙斯有一天会降下报应。我要到会场去接一位客人；他是同我一起从蒲罗来的；我叫他同我的勇敢伙伴们一起来，并且告诉培莱奥把他带回家，好好礼待，一直等到我来的时候。”

他这样说；她没有再说什么，就去洗了澡，换上干净衣服，向所有的天神祈祷，答应给他们献上牺牲，如果宙斯有一天会降下报应。

帖雷马科拿起长矛，走过堂上，有两只捷足的猎狗跟着他；雅典娜在他身上洒下神异的光彩，使得一切人看到他都感觉惊奇。那些傲慢的求婚子弟也聚集在他身旁，说些友好的话，但是心里不怀好意。帖雷马科不理他们，走到曼陀、安提佛和哈利赛西的席旁坐下；他们过去是他父亲的伙伴；他们问他各项事情。这时善用长矛的培莱奥从城里把客人带到会场，向他们走来。帖雷马科毫不迟延，立刻走过去欢迎客人。培莱奥首先对他说道：“帖雷马科，请你立刻叫女奴到我家去，好把曼涅劳送给你的礼物带来。”

谨慎的帖雷马科回答道：“培莱奥，我们还不知道事情将要怎样发展。如果那些傲慢的求婚子弟在堂上把我暗杀了并且分掉我的全部祖产，我宁愿那些礼物归你所有，而不属别人；可是如果我能为他们播下灭亡命运，我就希望你自愿把我的财物送到我家里，我将高兴接受它们。”

他说完，就把那个饱经忧患的外乡人塞奥克吕曼诺带回家去了。

他们来到那所宽大的宫邸，在座位上铺好毛毡，然后到光滑的浴池去洗澡。女奴们给他们洗好澡，涂上橄榄油，又给他们穿上衬衫和羊皮外套。他们离开浴池，在座位上坐下。侍女用美丽的金瓶带来洗手的水，倒到银盆里给他们洗手，在他们面前又摆好光滑的餐几。庄重的女管家拿来麦饼，放在他们面前，又摆好很多肴肉，充分供应他们。帖雷马科的母亲坐在对面的椅子上，靠着殿堂的门柱，纺着细线。他们伸手去拿那些丰盛的饮食；他们吃饱喝足之后，聪明的潘奈洛佩对他们说道：“帖雷马科，我要上楼休息去了；自从奥德修随同阿特留之子出征伊利昂，我一直躺在床上长吁短叹，用眼泪沾湿卧榻；可是你还没有告诉我关于你父亲归家的消息；如果你听到什么消息，你可以在那些傲慢的求婚人到来之前告诉我。”

谨慎的帖雷马科对她说道：“母亲，我要告诉你真情实况。我们到了蒲罗和杰出的奈斯陀那里；他在高大的宫殿里招待我，对我十分殷勤，就像父亲对久游归来的儿子一样；他和他的高贵儿子照顾我正是这样殷勤。可是他说他没有听说英雄奥德修是死是活。他用马车把我送到善用长矛的阿特留之子曼涅劳那里。在他家里我见到阿凯的赫连妮；阿凯人和特罗人在天神指引下遭受许多苦难就是为了她的缘故。叱咤善战的英雄曼涅劳问我为什么到辉煌的拉刻代蒙来，我把一切实话都告诉他；他就对我说道：‘哼！那些懦夫居然想要在一位英雄的床榻上睡觉么？正如一只鹿要把两只吃奶的初生小鹿放到猛狮的丛莽中睡觉，自己跑到多草的山谷和高坡去吃草，等到狮子回到它的巢穴的时候，它就要叫两只小鹿遭殃；奥德修同样也要叫那些人遭到倒霉的结局的。我向天父宙斯和雅典娜祷告，希望正像过去那样，在美好的莱斯伯岛，奥德修起来同菲洛弥雷狄比赛摔跤，他用力把对手扔到地上，全体阿凯人为他欢呼；这次也让他碰上求婚子弟们吧；他们就立刻要遭到毁灭，参加死亡的婚礼去了。我不打算回避你所提出的问题，也不想欺骗你；我将毫不隐瞒地告诉你那海中老人所说的话。他说他看见奥德修在一个海岛上，在女神卡吕蒲索的住处，非常痛苦；卡吕蒲索把他强迫留下，他也无法还乡，因为没有伙伴也没有船和桨送他越过大海的广脊。’善用长矛的阿特留之子曼涅劳就是这样说的；我做完这些事就动身回来；永生天神们给了我一阵顺风，很快就把我送回故乡。”

他这样说；潘奈洛佩心情非常激动。这时高贵的塞奥克吕曼诺在众人中间说道：“尊敬的拉埃提之子奥德修的夫人，他不可能知道事实真相；可是请你注意，我现在要对你说真正的预言，毫不隐瞒。让天帝宙斯和招待客人的宴席以及我来到的英雄奥德修的家灶作证，奥德修此时就在他家乡土地上，也许在休息，也许在行动，正在打听那些求婚人所做的坏事，为他们播下毁灭的种子。当我乘着精造的船的时候，我见过那样的预兆；我也向帖雷马科说过。”

聪明的潘奈洛佩对他说道：“客人，但愿你的话应验；如果是那样，你将从我这里得到殷勤招待和很多礼物，使得看到你的人都羡慕你。”

他们就这样交谈着。这时求婚子弟们正在奥德修的家门口一个平坦场子上扔石饼和投枪，像过去一样无法无天。这已经是吃晚饭的时间，那些牧羊人都赶着羊群从田野各处回来。弥东在众人中讲话；他是他们最喜爱的使者，常侍候他们酒宴；“年轻人，你们竞赛玩够了，还是回到屋里去吧；我们好准备酒宴；按时吃饭要好一些。”

他这样说；他们同意了，就站起来走回去。他们进入那宽大的殿堂，在座椅上铺好毛毡；他们宰杀肥硕的绵羊、山羊、肥猪和一头牛，准备好晚饭。这时奥德修和那杰出的牧猪奴正急急忙忙要从乡下赶进城去。杰出的牧猪奴首先说道:“客人，你今天就忙着要进城，像我主人所吩咐的那样；我原来倒是希望你能留下来守卫庄园，可是我敬畏我的主人，我怕他将来会责备我；受到主人斥责是很难受的。我们现在就动身吧，白天就要过去，不久你就要感到夜晚的寒冷了。”

足智多谋的奥德修回答道:“我知道，我明白，你的话是对的。我们走吧，你可以一直把我送到那里。要是你有一根砍下的木棍，请你给我当拐杖使，因为你说过道路很不平坦。”

他说完了，就把破烂包裹背在肩上，背包上尽是破洞，用一根拧紧的麻绳挂起。尤迈奥又给了他一根合用的拐杖。他们就动身了，留下狗和别的牧人看守庄园。牧猪奴这样就把他的主人带进城去，后者装作是一个运气不济、年岁老迈的乞丐，拄着拐棍，身上穿着破烂衣服。他们穿过崎岖山径，来到城边一口美好精筑的水池，这是伊大科、尼瑞陀和波吕克陀修建的，城里居民都到这里来取水；四面都是靠着水生长的白杨树，冰冷的泉水从岩石上流下，上面还有一个山林女神的祭坛，行人到了那里都献上祭礼。在这里他们碰到多利奥之子美阑修；美阑修正赶着一群精选的山羊，去供给求婚人的酒宴；另外有两个牧羊奴同他在一起。这个美阑修就用粗暴无礼的话讥笑他们，来激怒奥德修："看呀，真是贱货专门帮贱货，上天总是把同一类的搞到一起。你这个倒了霉的牧猪奴，要把这个饭桶带到哪儿去？要让这个讨厌的牧猪奴玷污我们宴席吗？这种人是专门站在门口擦肩膀，要剩饭吃的，不是应当赠送刀剑盘鼎的那种客人。要是你把他交给我，让他看守庄园，打扫羊圈，喂养小羊，喝点剩下的羊奶，他还可以长胖一些；可是这种东西只会做坏事，不会愿意老实干活的；他只愿意到处流浪讨饭来填满他那永远吃不够的肚子。我要告诉你，我的话一定会应验；如果他到英雄奥德修的家里去，一定会有人扔出很多脚凳，把他的脑袋和肋骨打烂的。"

他说完了，走过他们旁边的时候，又狂妄地在奥德修的屁股上踢了一脚，但是奥德修站得很稳，并没有动摇。奥德修考虑是应该跳过去，用棍子结果他的性命呢，还是把他举起来扔到地上，把他的头摔破。他终于克制自己，忍住怒气。牧猪奴看见了，就斥责美阑修，举起双手，大声祷告道："山泉女神，宙斯的女儿，如果奥德修曾经为你们烧过裹上肥油的羊羔股骨，就请你们做到我请求的事；让上天把奥德修带回来吧；让这个狂妄自大，整天在城里游荡，不管坏人吃掉羊群的牧羊奴被奥德修彻底打垮吧。"

牧羊奴美阑修对他说道："哼！这只恶狗叫得好厉害；总有一天我要把这个人从伊大嘉带走，带上美好的黑色船，卖掉他换很多钱的。但愿银弓之神阿波龙今天就把帖雷马科杀死在堂上，或者让那些求婚子弟们把他干掉；让奥德修远在他乡也永远不得回家。"

美阑修说完了就走开了。他们继续慢慢走；美阑修却很快地赶到他主人家里；他进了门，立刻坐在求婚子弟中间，面对着尤吕马科，那是最宠爱他的人。仆人在他面前放下一份肉，庄重的女管家又拿来麦饼给他吃。

奥德修和杰出的牧猪奴走到宫邸前面，嘹亮的琴声传到他们耳里，因为菲弥奥正在求婚子弟面前弹琴唱歌。奥德修就抓住牧猪奴的手，对他说道：“尤迈奥，这一定就是奥德修的美好宫邸，即使在许多房屋当中也很容易辨认出来。这里楼阁重重，外面又有防护的围墙雉堞，两扇大门造得十分严密，谁也不能轻视。我猜里面一定有很多人在举行酒宴，因为从里面散出烤肉的香味，还有琴声，那是天神指定的酒宴的伴侣。”

牧猪奴尤迈奥回答道：“你很容易就看出来了；你在别的方面观察也是很敏锐的。我们要考虑一下怎样做最好；一个办法是你先到这宽大的宫殿里去找那些求婚子弟，我留在这里；另一个办法是如果你愿意，你可以留下，我先进去；只是你不要停留太久，免得有人看到你在外面，会拿东西打你或者用鞭子抽你。我告诉你，你要留心。”

久经考验的英雄奥德修回答道：“我知道了，我记住了，你的话很对。你还是先进去吧，我在这里等着。我并不是没有挨过打的；我的意志很坚强，因为我在海上和战争中都吃过不少苦头。再加上这一次也算不得什么。反正肚皮想吃饭是瞒不过去的；肚皮是个可恶的东西，它给人带来很多苦头；就是为了肚皮要吃饭，人们才配备坚牢的船舰到波涛汹涌的海上航行，给旁人带去灾难的。”

他们就这样交谈着。这时有一只躺着的狗抬起头来，又竖起耳朵。这是英雄奥德修的狗，名叫阿戈，是他过去亲手养大的，可是还没有用它打猎，奥德修就到神圣的伊利昂去了。过去年轻人们也曾带它去捕猎野羊鹿兔；现在它没有主人，无人照顾；门口有一大堆牛马留下的粪秽垃圾，留待奥德修的奴隶们把它运走，给广大田野上肥，这条狗阿戈就躺在这堆垃圾里，身上满是虫虱。它看到奥德修在旁边，摇了摇尾巴，垂下双耳，只是没有气力走到它主人身边。奥德修把眼睛转过去，擦掉眼泪，躲开了尤迈奥的注意，又向他问道：“尤迈奥，我很奇怪这条狗为什么躺在垃圾里。它看起来是条好狗；当然除了样子很好之外，我不知道它是否跑得很快，也许只是那种宴席上的狗，主人们饲养那种狗只为了外表漂亮。”

牧猪奴尤迈奥回答道：“这条狗的主人已经死在远方。如果它的外形和动作还像奥德修离开它到特罗去时那样，你立刻可以看到它是多么快捷勇猛，你会觉得惊奇的。它在幽深树林里只要看到什么野兽，那只野兽就逃不掉；它的鼻子是非常灵敏的。现在它是倒霉了，它的主人死在他乡，那些没有好心肠的女人们也不喂它。一旦主人失掉权力，奴隶们就不愿意规规矩矩地工作；只要一个人变成奴隶，宏声之神宙斯就使他的品德去掉一半。”

他这样说，就立刻走进宽广的宫邸，到堂上去找那些傲慢的求婚子弟们。而阿戈在二十年后刚刚见到奥德修，就默默死去了。

当牧猪奴走进屋子的时候，第一个看到他的是高贵的帖雷马科；他立刻点头示意，叫牧猪奴过来。尤迈奥看了看周围，拿起一张在旁边没有人坐的凳子；当求婚子弟们在堂上饮宴时，切肉的人常常坐在这张凳子上切大量的肉。他拿起凳子，走到帖雷马科的餐几旁边，坐在他对面。一个使者拿来一份肉，放在他面前，又从篮子里拿出麦饼。

随后奥德修也走进来，形状像一个命运不济、年岁老迈的乞丐，拄着拐杖，穿着破烂衣服。他坐在大门里槐木门槛上，靠着柏木门柱，那是过去巧匠精制的，柱身很直。帖雷马科叫牧猪奴过来，从美丽的篮子里拿出一整块饼，一整捧烤肉，对他说道：“把这个拿给客人吃，也叫他向一切求婚子弟们乞讨；一个遭难的人是不必害羞的。”

他这样说；牧猪奴听到吩咐，就走到奥德修面前，向他恳切地说道：“外乡人，帖雷马科给你这些吃的；他还叫你向所有求婚子弟乞讨；他说一个要饭的不必害羞。”

足智多谋的奥德修回答道：“我祈求宙斯让帖雷马科成为最幸福的人，但愿他一切都称心如意。”

他说完，就用双手把食物接过来，放在脚前那个破烂的背袋上。堂上乐师唱歌的时候，他就吃肉；等到他吃饱了，那天才乐师也停止歌唱了；这时堂上的求婚子弟们吵得很厉害。雅典娜在拉埃提之子奥德修身旁，要他到求婚人那边去讨饭，为了可以了解哪些人是守规矩的，哪些人是不守礼法的，但是她并不打算让任何一个逃脱死亡。奥德修走过去，从右边开始，向每个人伸手讨饭，就像他一向是靠讨饭为生的一样。有些人可怜他，给了一些食物；他们都很奇怪，彼此相问这是个什么人，从哪儿来的。牧羊奴美阑修就在众人中间说道：“尊贵的王后的求婚人，请听我告诉你们关于这个外乡人的事。我见过他；他是那个牧猪奴带来的；可是我不清楚他是什么种族的人。”

他这样说；安提诺就向牧猪奴斥责道：“你这个多事的牧猪奴，干吗要把他带进城来？我们还没有足够的流氓吗？干吗要让一个讨厌的叫化子玷污我们宴席？难道你觉得这里聚会的人消耗你主人的财产还不够，还要叫他来吗？”

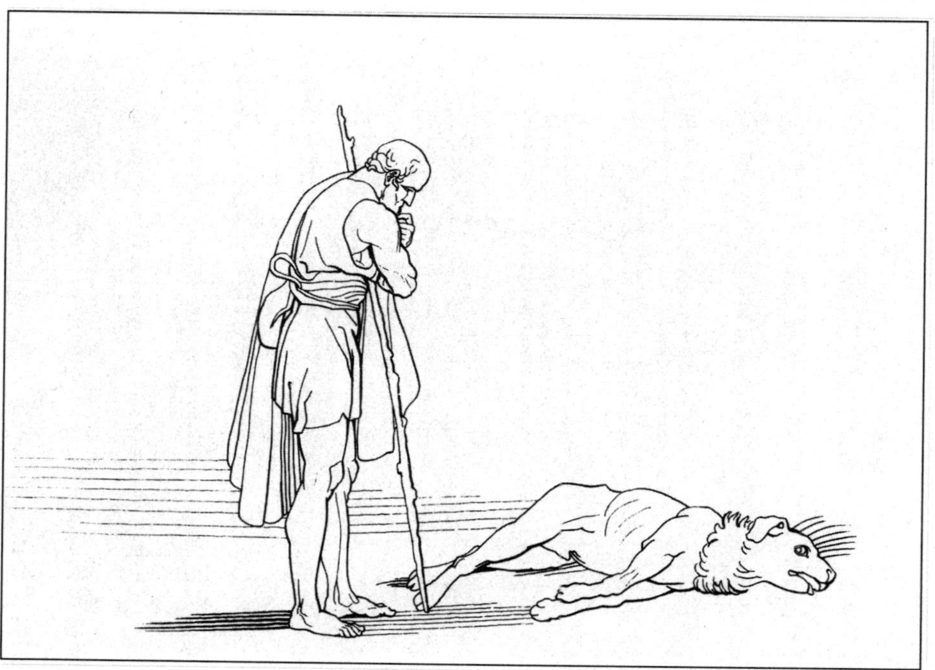

奥德修和他的狗

牧猪奴尤迈奥回答道:“安提诺,你虽然是个贵族,说话却不讲道理。谁会无缘无故地自己从外地请人来?除非请来的人是对公众有利的,是一个预言家,或是治病的医生,或是造船的工匠,或是能用诗歌给人娱乐的天才乐师;那样的人在茫茫大地上到处受人欢迎;可是谁也不会请一个乞丐来给自己添麻烦的。在求婚人当中,你对待奥德修的奴仆最凶,尤其是对待我;可是只要贞洁的潘奈洛佩和高贵的帖雷马科在家,我就不怕你。”

谨慎的帖雷马科对他说道:“不要再讲了,不必对他多说。安提诺总是不怀好意,想用话引起争执,同时又喜欢煽动别人。”他说完,又用激动的口吻对安提诺说道:“你对我太关心了,简直像一个父亲关心他儿子一样。你要我强迫命令把这个外地人赶走,上天不会让这件事实现的。你可以拿些东西给他,我并不吝惜,我倒是要你这样做;你也不必怕我母亲或在英雄奥德修家里干活的奴仆反对。实际上这并不是你的真正意图;你不愿意施舍给别人,只是因为自己想多占一些。”

安提诺回答道:“狂妄无礼的帖雷马科,你过分嚣张了。你说的是什么话?要是求婚子弟们都像我这样给他东西,他就可以三个月不来了。”

他说着，就从餐几下面抓起了脚凳，那是在宴饮时放他的光滑的脚的。旁人都给了奥德修一些食物，使背袋装满麦饼和烤肉；奥德修这时本来可以回到门口去享受阿凯人的恩赐，但是他还是走到安提诺跟前，向他说道："朋友，给些吃的吧。看样子你不像是阿凯人中最卑贱的人；你外表很高贵，像一位王爷，因此你给我的麦饼应该比别人还要多；我将在茫茫大地上传播你的声名。我从前也是个幸运的人，有很多财产，我也曾多次向流浪的人施舍，不管是什么人，有什么需要。我曾有过很多奴隶和很多其他财产，生活得很好，被称为富人。这些福气都被闶阆之子宙斯夺去了；这是天意如此。宙斯叫我跟着到处流荡的海盗长途跋涉去到埃及，为了要让我倒霉。我把长船停在埃及河畔，我命令忠实伙伴们留下看守船舰，又派出哨兵到高处瞭望；可是伙伴仗着他们的力量变得骄傲起来；他们立刻去劫掠埃及人的美好村庄，虏获一些妇女幼孺，屠杀当地居民。埃及人听见喊杀声音，清晨从城里赶来，原野上布满步卒、车乘和明亮的兵仗；霹雳神宙斯在伙伴中造成恐慌；他们不敢留下抵抗；他们四面被敌人包围。埃及人用锐利的青铜兵器杀了我们不少人，另一些被活捉带走，强迫为他们干活。他们把我交给一个外来的人，把我带到塞浦路斯岛，送给当地国王耶索的儿子德美陀；我饱经灾难，现在又来到这里。”

安提诺回答道：“真不知道是哪位天神送来这个祸害，到我们酒席上捣乱？你还是站在中间，离我餐几远一些吧，不然你就要再碰到你在埃及和塞浦路斯岛遭遇的麻烦了。你真是一个胆大妄为、不知羞耻的叫化子，你向每个人要饭，他们也都慷慨施舍给你；当然，拿别人东西送礼不必吝惜，反正每人面前都有很多吃的东西。”

足智多谋的奥德修后退一步，向他说道：“唉！我看你的头脑配不上你的外表；你在别人家里，面前有那么多饼，都不肯施舍一块，你要是在自己家里，那就连一粒盐都不会给求乞的人的。”

他这样说；安提诺生起气来；他怒视着奥德修，激动地对他说道：“你说话如此无礼，我看你是不打算平平安安离开这里的。”

他说着，就拿起脚凳，向奥德修扔去，打中他右肩靠近脊梁的地方。奥德修站得稳如岩石一般；安提诺扔出的凳子并未使他动摇。他一声不响，只摇了摇头，心里计划要复仇。他回到门槛那里，放下装满食物的背袋坐下来，对求婚子弟们说道："请听我说，我心里有话想讲，尊贵的王后的求婚人。如果一个人以战斗来保护自己财产，保护他的牛群或雪白羊群，他挨了打，心里是不会难受的；可是我现在挨了安提诺的打，却是由于我这倒霉的肚皮；这个可恶的肚皮让人吃了多少苦啊。如果天神和复仇厉鬼也保护要饭的人，我希望安提诺在他结婚之前就要死亡。"

尤培塞之子安提诺对他说道："外地人，你还是安安静静地坐着吃吧，要不然就到旁的地方去，不然年轻人听见你这种话，就要抓住你的手脚，把你拖到屋子外面，再把你的皮全剥光。"

他这样威胁着；别的人都很不高兴；一个高贵的求婚子弟就这样说道："安提诺，你不该打这个倒霉的流浪汉。如果他是天上的一位尊神，你就要遭殃了。天神是会变成各种形状，巡游各地，假装是外地人，来考验凡人是安分守己还是不守礼法的。"

大家就这样说；但是安提诺没有听他们的劝告。帖雷马科看到他父亲挨打，心里非常激动，可是没有让眼泪落到地上；他一声不响，只摇了摇头，心里计划要复仇。聪明的潘奈洛佩也听到客人在堂上挨了打；她就对侍女们说道："但愿安提诺自己被善射的阿波龙杀死。”女管家尤吕诺弥对她说道：“但愿我们的祈祷能实现；让他们没有一个人活到华座的曙光到来的时刻。”聪明的潘奈洛佩又对她说道：“保姆，他们都同我们作对，在计划恶事，而安提诺尤其像凶神一般。那个不幸的外乡人没有饭吃，不得已跑到这里来乞讨，旁人都给了他一些东西，把他的袋子装满，可是安提诺却居然拿起脚凳，扔到他右肩下面。”

潘奈洛佩和她的侍女们就这样在房间里交谈着。这时英雄奥德修正在吃饭。潘奈洛佩把杰出的牧猪奴叫来，对他说道：“好牧猪奴，你去把那个外乡人叫到这里来吧；我要对他表示欢迎；我还要问问他是否听到或亲眼看到什么关于英雄奥德修的事；听说他曾经漂流到过很多地方呢。”

牧猪奴尤迈奥回答道：“王后，我真希望阿凯人能安安静静地听他讲话；他讲的故事那么好，使人非常爱听；他从船上逃出来就到了我那里，我把他留在我的茅舍里整整三个晚上，可是三天时间他还没有讲完他的苦难遭遇。就像一位乐师得到天神启发，能唱世人爱听的歌曲，听他唱歌，永远听不腻；他在我家里讲得就是那样动听。据他说，他住在克里特岛，在弥诺王后代的地方；他同奥德修是世交。后来他历尽艰险，到处漂流，才来到这里，他坚持他曾听到关于奥德修的消息，说奥德修离这里不远，就在肥沃的塞斯普洛特；不但活着，而且正带着很多财宝回家哩。”

聪明的潘奈洛佩对他说道：“去吧，叫他到这里来，让他当面对我说。至于那些求婚人，让他们坐在门口玩耍吧，他们愿意在屋内屋外，都随他们的便；他们不必担心自己家里的钱财、粮食和甜酒，那些留给家里人用吧；他们可以整天聚集在我们家里，宰杀牛羊肥羝，举行酒宴，喝灿烂的酒浆，毫无节制，浪费钱财，反正这里没有一个像奥德修那样的人可以赶走这些祸害。要是奥德修一旦回到故乡，他同他儿子一道就立刻会向这群强盗报复的。”

她这样说；这时帖雷马科打了一个很响的喷嚏，屋里发出很大回声。潘奈洛佩笑着，立刻对牧猪奴激动地说道：“去吧，叫那外乡人到这里来见我。在我讲话的时候我儿子打了嚏，你注意没有？这就是说一切求婚人必然都要遭到毁灭，不可避免，谁也逃不脱死亡。我还要告诉你一件事，你要记住；如果我认为他说的话都是真的，我就送给他一身好衣服，一件衬衫和外套。”

她这样说；牧猪奴听了就去到奥德修那里；他来到他身

旁，认真地对他说道："老爹，帖雷马科的母亲，聪明的潘奈洛佩叫你去。她虽然很伤心，但是还想打听一下关于她丈夫的事。如果她认为你说的话都是真的，她就送给你一件衬衫和外套，那是你最需要的东西；然后你可以到各地去讨饭，填满肚皮；总会有人愿意施舍给你一些东西的。"

久经考验的英雄奥德修对他说道："尤迈奥，我很愿意去把一切真实消息告诉聪明的潘奈洛佩，伊加留的女儿；关于奥德修的事我是知道得很清楚的，因为我们受过同样的苦难。可是我害怕那些凶恶的求婚人，他们的狂妄粗暴直达苍穹；方才我走过堂上，并没有犯什么过错，可是那个家伙却打了我，让我受了苦，帖雷马科和旁人也不敢阻拦。现在潘奈洛佩就是着急，也请她在屋里等一下；到了太阳降落之后，她再问我关于她丈夫回家的消息好了；她可以让我坐在靠近灶火的地方；我的衣服很破烂，这是你知道的，因为我首先就向你作过请求。"

他这样说；牧猪奴听了这话就回去了。他跨进门槛的时候，潘奈洛佩问道："尤迈奥，你没有把他带来；那个流浪汉为什么不来？他是怕什么人吗？还是在我家里他觉得害羞？一个流浪的人是不应该害羞的。"

牧猪奴尤迈奥回答道:“他说的很有道理,别人也会同意他的看法的。他想避免那些狂妄的求婚人,怕他们作出粗暴行为;王后,他请你等到太阳降落之后,那样对你也更合适一些;因为到了那时候,你就可以单独同他讲话了。”

聪明的潘奈洛佩对他说道:“这个外乡人倒很聪明;他预料到可能发生什么事情;世上实在没有比这些无礼的求婚子弟更胡作非为的人。”

她这样说;杰出的牧猪奴报告完了,就又回到求婚人那里。他立刻把头靠近帖雷马科,不让别人听见,就认真地向他说道:“亲爱的孩子,我要走了,我要去看守猪群和其他东西、你和我的财产。你在这里照顾一切吧;首先要保护好自己,注意不要遇到什么不幸;许多阿凯人在策划坏事呢;但愿宙斯在他们还没有伤害我们之前就把他们毁掉!”

谨慎的帖雷马科对他说道:“阿爹,事情会那样的。你吃好了就走吧,明天早上再来,把美好的祭牲也带来;这里的事你可以交给我和永生的天神来处理。”

他这样说;牧猪奴又回到光滑的凳子那里坐下。他吃饱喝足之后,就离开殿堂,回去看守他的猪群;堂上还拥挤着饮宴的人,都在歌舞嬉戏;这时黄昏已经降临。

卷十八

这时又来了一个当地的乞丐；这个人经常在伊大嘉城里讨饭，是个著名的饭桶，吃起来没有够，并没有什么气力，可是看起来块头很大；他的名字叫阿奈奥，那是他的母亲在他出生时给他起的，可是年轻人都叫他“跑腿的”，因为常有人派他跑腿送信。他这时来到这里，想把奥德修从房子里赶走；他咒骂着奥德修，气势汹汹地说道：“老头子，从门口滚开！再不然我就要拉着你的腿把你拖走。你难道没有看见大家都对我挤眼，要我把你拖走吗？我还有些不好意思那样干哩。快起来吧，免得我们吵架动手。”

足智多谋的奥德修瞪了他一眼，对他说道：“真奇怪！我并没有对不起你，也没有讲什么坏话，我也不反对谁给你东西，即使给得很多。这个门口坐得下两个人；东西是人家的，你也用不着操心。我看，你同我一样，也是个流浪汉；谁的运气好，天神自然会给他好处。你不要拿拳头拼命挑战；我要是生了气，虽然我年纪大，我还可以让你胸膛和嘴唇流血；要是那样，我明天就可以得到安宁，因为你不会再回到拉埃提之子奥德修的家里来了。”

那个跑腿的流浪汉也动了火，对他说道：“吓！这个臭东西真会说，像个烧火的老太婆似的。我倒要给他些颜色看，给他来个左右开弓，把他嘴里全部牙齿都打落到地上，就像对付一口偷粮食的猪那样。现在你准备吧，让大家看看我们打架；你怎么打得过年轻的人呢？”

他们在大门口光滑的门槛上就这样认真吵起来。尊贵的王子安提诺听到他们吵架，哈哈大笑，又对求婚子弟们说道：“朋友们，上天带到这里一样好玩的事，从来还没有过这样的把戏。那个外地人和那个跑腿的争吵起来，就要动手打架了，我们让他们快快交手吧。”

他这样说；大家笑着站起来，聚集在这两个衣裳破烂的乞丐周围。尤培塞之子安提诺对众人说道：“高贵的求婚人，请你们听我的建议。在火上有装满肥肉和血的羊肚正烤着，是准备晚上吃的；他们哪一个打败了对方，那优胜者就可以去挑选一个他喜欢的羊肚，而且以后可以经常到我们这里吃饭；我们也不许别的乞丐到这里来乞讨。”

安提诺这样说；大家都很赞成。这时足智多谋的奥德修又心生一计，就对他们说道：“朋友们，一个受尽折磨的老头子是绝对打不过一个年轻人的；我这个捣乱的肚皮偏偏要我这样做，要我挨他的打。现在请你们大家认真赌个咒，谁也不要帮助跑腿的把我痛打一顿，让我败给他。”

他这样说；大家就按照他的话赌咒。他们作好赌咒的仪式之后，尊贵的王子帖雷马科又在众人中说道：“外乡人，只要你有胆量对付那个家伙，你不必担心旁人干涉；谁要是打了你谁就要同很多别的人较量一下。我是招待你的主人，这里还有其他贵族安提诺和尤吕马科，他们讲话都要算数的。”

他这样说；大家都同意他的话。奥德修在腰间绑紧他的破烂衣服，露出美好健壮的大腿，也露出他的宽广的肩膀和胸膛以及粗壮的手臂。雅典娜在他身旁使得英雄的躯体更加魁伟；求婚子弟们看到都很惊奇。有人看着旁边的人说道：“这个跑腿的可给自己找来了麻烦，恐怕他就要变成‘跑不动’了；那个老头子衣服下面露出的大腿可真结实呢。”

他们这样议论着；阿奈奥害怕起来；虽然他胆怯，浑身在发抖，侍从还是逼着他装束好，把他带出去了。安提诺对他斥责道：“你这个蠢牛，看你怕的这个样子，连一个受尽折磨的老头子你都害怕；那你还不如不要出生，不要活到今天的好。我警告你，这话说了就一定做到。如果那个家伙打败了你，赢得胜利，我就要用黑色船把你送到大陆上埃凯陀王那里去，他是喜欢砍断人的肢体的；他会用无情的铜刀把你的耳朵鼻子切掉，还会切掉你的鸡巴，给狗当生肉吃的。”

他这样说，这个跑腿的更加全身发抖。他们把他带到场子中心；两个人都举起手来；久经考验的英雄奥德修这时就考虑着，要不要给他一拳头，叫他立刻倒下丧命，还是轻轻一下，把他打倒在地上。他结果认为还是轻轻打一下要好些，免得让阿凯人认出他来。他们开始交手，那跑腿的打了奥德修的右肩，奥德修就在他耳朵下面给了他一下，把骨头打碎，鲜红的血立刻从嘴里流出来。跑腿的哼了一声，倒在尘埃里，咬着牙齿，脚在地上乱踢。那些求婚贵族扬起手来笑得要命。奥德修拉着那乞丐的一条腿，把他拖出门外，到了院子走廊旁边，然后把他放下来，让他靠着院子的围墙，给他手里放了一根棍子，对他认真地说道："你就在这里看守猪狗吧，你这个废物，不要对外乡人和乞丐逞强了，不然你还会遇到更严重的灾祸。"

他这样说，又把他那尽是破洞的背包用麻绳挂在肩上，走到门槛那里坐下。求婚子弟哈哈笑着，进了门向他庆贺说道："外地人，希望宙斯和其他永生天神满足你的愿望，给你最想要的东西。你打败了那个贪心的家伙，叫他在这里再也讨不成饭！我们就把他送到大陆上杀人魔王埃凯陀那里去。"

他们这样说；英雄奥德修听了这个预兆很高兴。安提诺在他面前放下一个很大的羊肚，里面装满肥油和血；安菲诺谟从篮子里拿出两块饼，用黄金酒杯向他敬酒说道："老爹，祝贺你，虽然你现在还受苦，希望你以后交好运。"

足智多谋的奥德修回答道："安菲诺谟，我看你是个懂得道理的人；你的父亲杜利奇的尼索也是个明白人，我听到过他的好名声；他很富裕，心地善良；你是他的后代，看来你也是个善良的人，因此我要对你说几句话，你要好好地听。在一切大地上呼吸行动的生物当中，人类是大地所生的最软弱无能的；当上天给他们勇力，使他们手脚灵敏的时

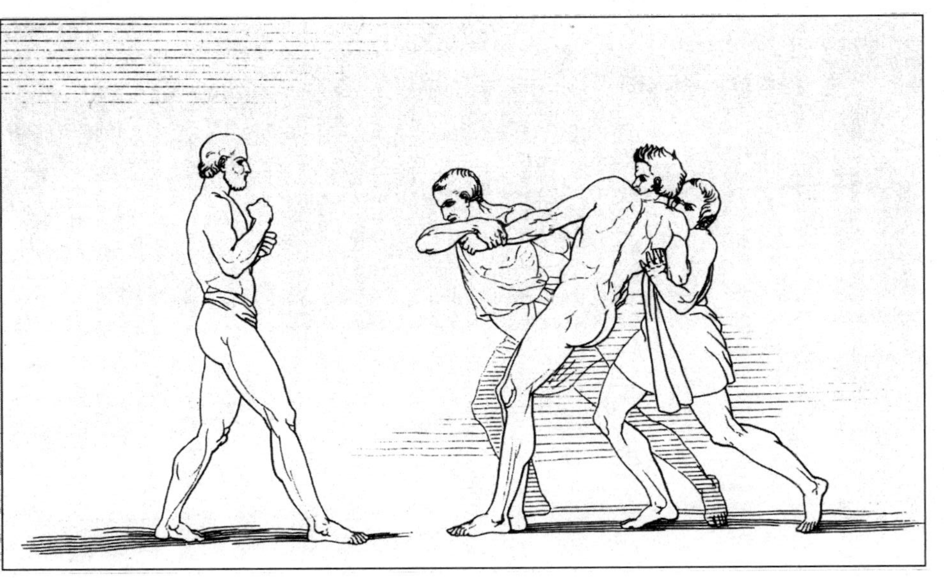

奥德修准备与阿奈奥打斗

候，他们从不想将来会遭到不幸；可是当幸福天神们降下悲惨命运的时候，他们也只好忍受苦难；他们的心情随着人神之父宙斯对他们的态度而改变。我过去也是世上一个幸福的人；我倚仗着自己的勇力和父兄们的帮助，也做过许多狂妄的事。一个人最好在任何时候都不要越轨行事；上天赐给什么幸福，应该一声不响地接受下来。现在我看到求婚子弟们行动无礼，浪费别人的家财，不尊敬别人的妻子；我感觉这家的主人可能离这里不远，他不会离开他的故乡和亲人很久的。当他回到故乡的时候，但愿上天让你回到家里，不要遇见他；我看，他回来的时候，他和求婚子弟的纠纷只有流血才会解决。”

他说完话，就奠了酒，自己也喝了蜜甜的酒浆，然后把酒杯还给那位王子。安菲诺谟怀着忧虑，低头走过堂上；他心里预感到不祥；但是他最后还是逃不掉死亡的命运，因为雅典娜已经把他绑住了，要他在帖雷马科手中的长矛下丧命。他又回到他刚才离开的座位上坐下。

这时明眸女神雅典娜又在伊加留的女儿，聪明的潘奈洛佩心中放了一个主意，要她去同那些求婚子弟见面，使他们更加倾心，使她进一步得到她丈夫和儿子的敬佩。潘奈洛佩勉强带着笑容，对她的保姆说道："尤吕诺弥，我从来没有过这个念头，可是我现在想去见见那些求婚人，虽然我还是很讨厌他们的。我还要同我儿子说一句话，那对他将有好处；他不应该同那些狂妄的求婚人混在一起；他们嘴里说好听的话，可是心里在策划着阴谋。"

女管家尤吕诺弥对她说道："孩子，你的话很有道理，你就去同你儿子讲话吧，一切不必隐瞒。不过你应该先洗个澡擦擦脸，不要这样就走；脸上带着不断哭泣的痕迹不大好看。你的儿子已经这么大了；你向永生天神热烈祈求的事就是看他长大成人。"

聪明的潘奈洛佩对她说道："尤吕诺弥，虽然你关心我，但是你也不必鼓励我洗澡擦油；自从奥德修乘着弯船出征之后，主掌奥仑波山的天神就毁坏了我的容貌。你叫奥托诺依和希波达美到我这里来，同我一起到堂上去；我不喜欢单独去见那些男人；那样我会害羞的。"

她这样说；那个老太婆就穿过房间去通知那两个侍女，叫她们来。这时明眸女神雅典娜又想了一个主意；她给伊加留的女儿洒下了甜蜜的睡梦，她就四肢松弛，躺在床上睡着了。那辉煌的女神利用这个机会赐给她天赋的美貌，为了使得阿凯人看到她更加倾心；她首先用仙液使她面容变得更加美丽；那华冠的鸠赛瑞的女神同卡利女神们作美妙动人的舞蹈的时候，就涂用这种仙液的。她又使潘奈洛佩变得更加丰满美丽，皮肤洁白，像新磨的象牙一样。辉煌的女神做好这些就走开了。素臂的侍女讲着话从堂上走过来；甜蜜的睡梦离开了潘奈洛佩；她拿手揉着脸说道："虽然我很难过，我居然也做了一个好梦。但愿圣洁的阿特密女神快快赐给我这样温柔的死亡，免得我继续怀念我的完美无缺的丈夫，阿凯人中最出色的英雄；让我在悲哀中消耗我的生命。"

她这样说，就离开明亮的房间走下楼梯；她不是一个人去的，有两个侍女随从着。当这位高贵的夫人来到求婚子弟那里，她站在精筑的殿堂的门柱旁边，脸上有光滑的面纱，两边站着忠心的侍女。求婚子弟们看见她腿都软了，爱欲迷住了他们的心，他们都希望能同她一起睡觉。潘奈洛佩就对她的儿子帖雷马科说道："帖雷马科，你怎么会这样糊涂？你小时候，要聪明得多；现在你已经长大成人，从你的身材容貌来看，人家都认为你出身高贵，你的头脑却很不相称。你们在殿堂上做的是什么事？怎么能让一个外来的客人受到这样的无礼待遇？要是这位客人在我们家里受到恶劣待遇，遭到损伤，那还成什么样子？从此以后在百姓中间你真要名誉扫地了。”

谨慎的帖雷马科回答道：“母亲，我不怪你生气；我自己也懂得道理，能分清是非；我也不是过去的小孩子了。不过我没有力量把一切事安排妥善，因为他们包围着我，同我作对，处处打击我，我也没有任何帮手。可是那个外地人同那跑腿的较量结果倒是出乎求婚人的意料之外的，因为那个外地人的气力要大得多。天父宙斯和雅典娜、阿波龙各位天神，但愿这些在我们家里的求婚人也同样被打垮，倒在院子里和堂上；正如那个跑腿的在外院大门旁，垂头丧气，好像喝醉了酒，四肢无力，不能站起来，走回自己住处那样。”

他们就这样交谈着。这时尤吕马科过来对潘奈洛佩说道：“伊加留的女儿，聪明的潘奈洛佩，如果住在耶宋的阿戈地方的阿凯人都能看到你，明天就会有更多求婚人到你家里喝酒，因为你在身材容貌和内心的智慧方面都胜过任何妇人。”

聪明的潘奈洛佩回答道：“尤吕马科，自从阿凯人乘船到伊利昂去远征，我丈夫奥德修也跟随前往，自从那时以后，无论我在容貌或身材上有什么优点，这些优点都被永生天神毁掉了；只有我丈夫回来照顾我，我才能接受更好的称誉。现在我很悲哀，上天给我降下这么多的灾难。当奥德修离家就要上路的时候，他曾经抓住我的右手，对我说道：‘夫人，我看阿凯的披甲战士不会全部从特罗安全还师，毫无损伤的。我听说特罗人也很勇猛善战；他们擅长用矛，能弯弓射箭，也能驾驭快马，能在一场势均力敌的战斗中速战速决。我不知道天神们打算让我回来，还是要我在特罗战死。你要在家里照顾一切；在我离开之后，你要同现在一样关怀堂上双亲，或者加倍关怀他们。等到你看到孩子长大成人的时候，你可以离开这个家，嫁给你喜欢的人。’他曾经这样对我说；现在这一切都应验了。总有一天晚上我所讨厌的婚姻要降临到我这个可怜人的头上。宙斯夺去了我的幸福。我现在感到难堪的，就是你们的所作所为违反了一般求婚惯例；如果有人向一位出自名门的高贵妇人求婚而相互竞争，他们应该带来美好的牛羊，请她的亲友饮宴，并且赠送给她许多贵重礼物；他们不会这样白吃人家的财产的。”

她这样说；久经考验的英雄奥德修暗暗高兴，因为她用甜蜜语言迷惑他们，向他们索取聘礼，心里却是另有打算。

尤培塞之子安提诺就对她说道：“伊加留的女儿，聪明的潘奈洛佩，任何阿凯人自愿送来聘礼，你都应该接受；拒绝礼物是不好的。不过，在你同一位最高贵的阿凯人结婚以前，我们不打算回到自己的庄园上去，也不打算到其他地方去。”

安提诺这样说；大家都同意了；每人就派侍从去拿来礼物。安提诺送给潘奈洛佩一件美丽的绣花长袍，上面有十二个黄金衣扣，配着弯曲的钩子；尤吕马科送了一个精巧的黄金项链，穿着像阳光一样灿烂的琥珀；尤吕达马的侍从拿来一副耳环，上面有三个桑葚似的坠子，闪耀多彩，摇曳生姿；波吕克陀的儿子，高贵的培桑德洛送来一个项圈，也是一件非常美丽的首饰。阿凯子弟们都送来不同的美好礼物。这时那位高贵的夫人就回到楼上自己卧房里，侍女们也把那些美好的礼物给她带去了。

求婚子弟们就跳舞作乐，听他们喜爱的歌曲，一直到黄昏。在欢乐中不觉黑夜已经降临；他们在堂上烧起三座燎炬，四面堆起久晒干透的木柴，是刚用青铜刀砍碎的；中间又加上一些火把。英雄奥德修的女奴们把它们一一点起。这时足智多谋的神裔奥德修对女奴们说道：“奥德修的女奴们，你们主人既然不在家，你们应该到尊贵的王后房间里去，陪陪她，让她高兴，在她身旁纺线，或者用手理羊毛；我可以给他们看守燎炬。哪怕他们高兴玩到华座的曙光到来的时候，他们也比不过我；我是很能坚持的。”

他这样说；她们彼此相看笑起来。其中有一个美貌的美阑多无礼地责骂了奥德修；她是多利奥的女儿；潘奈洛佩把她带大，对待她像自己孩子一样，还给了她心爱的玩具，可是她并不为潘奈洛佩悲伤，反而爱上了尤吕马科，同他发生了关系。这时她用刻薄的话对奥德修说道：“你这个倒霉的外乡人，你真是脑筋糊涂了；你不愿意到一个铜匠家里去睡觉，也不到公共场所去，只在这里胡说八道，这么大胆，毫不害怕；你大概是喝酒喝糊涂了，也许你的脑筋本来就是这么糊涂，只会胡言乱语；难道是打败了那个乞丐跑腿的就发昏了吗？你要小心一点，总有比他更强的人会过来用壮健的手打你的脑袋，把你打得血淋淋的，再赶到门外去的。”

足智多谋的奥德修怒视着她，对她说道：“狗东西，我要到帖雷马科那里去，告诉他你说的什么话；他会把你碎尸万段的。”

他这样说，用话把女奴们吓走；她们怕得浑身发软，从堂上走开，以为他说的是真话。奥德修就走到明亮的燎炬那里守着火，同时看着求婚子弟们，心里想着即将实现的事。可是雅典娜不愿让这些求婚贵族停止用恶语伤人；她要让拉埃提之子奥德修更加恼恨。在众人中波吕伯之子尤吕马科又对奥德修开玩笑，让他的朋友们取乐；他就说道："尊贵的王后的求婚人，请听我心里想说的话。这个家伙来到奥德修的家里，大概是有神意。我看他头上发出火炬的光，因为他没有头发，连一根毛都没有。"

他这样说，又对攻城夺塞的英雄奥德修说道："外乡人，如果我肯要你，你愿意不愿意到那边田里去给我干活，给我修石坝，种大树？我可以给你适当酬劳，一年到头都给你饭吃，还给你衣服和脚上穿的鞋子。可是我看你只会做坏事，你是不会愿意干活的；你只愿意到处讨饭，来填满你那吃不够的肚子。"

足智多谋的奥德修回答道："尤吕马科，我倒愿意同你比赛干活；在春天白昼变长的时候，我们可以一同比赛割草；我拿一把弯曲的镰刀，你也拿同样的一把；只要有足够的草，我们不干到天晚不吃饭。我们也可以比赛赶牛，要最好的牛，又黑又大；两头牛都吃足了草，两头年龄一样，气力都不差，拉犁的劲头一样；给我四亩地，要下得去犁铧；

你可以看看我能不能耕得笔直，一口气到头。我也希望闵阆之子在什么地方掀起一场战争；给我一面盾牌，两支矛和护着天灵盖的青铜头盔，你可以看到我在众人前面冲锋陷阵；那时你就不敢胡说八道，拿我的肚皮开玩笑了。你是个狂妄无礼的家伙，不是个好人；你自己认为很有本领，因为同你一伙的都是软弱无能之辈。如果奥德修回到他的故乡，这里的门虽大，你要从门口逃出去也将是很不容易的。”

他这样说；尤吕马科心里非常恼火，就怒视着他，用激动的口吻说道：“你这个坏东西，现在我要让你吃吃苦头。你居然当着许多人的面这样大胆讲话，毫不害怕；你大概喝酒喝糊涂了，也许你的脑筋本来就是这么糊涂，只会胡言乱语；难道是打败了那个乞丐跑腿的就发昏了吗？”

他一面说着，一面抓起脚凳；奥德修怕被尤吕马科打中，就在杜利奇岛的安菲诺谟跟前蹲下来；结果尤吕马科打中了他右边斟酒的人。他的酒杯铿啷一声落到地上；那个人哼着向后倒在尘埃里；求婚子弟们在阴暗的堂上都叫喊起来；有人就看着旁边的人说道：“要是这个外乡人在旁处流浪时死掉，没有到这里来，那样就好了；那样就不会造成这种事；现在我们为了叫化子争吵起来，不能好好吃饭；这件坏事真使得大家扫兴。”

有神圣权力的帖雷马科对大家说道：“岂有此理！你们都发疯了；你们吃饱喝足就现出原形，大概是什么天神使得你们这样做的吧。你们既然已经吃好了，还是自动回家睡觉去吧，当然我并不是要赶走哪一个人。”

他这样说；他们咬着嘴唇，奇怪帖雷马科怎么敢说话这样大胆。可是阿瑞提的后代，著名的尼索王的儿子安菲诺谟对大家说道：“朋友们，如果人家说的话是有理的，就不要动气争辩。你们本来不应该欺负外来客人，也不应该欺负英雄奥德修家里的奴仆。现在让斟酒的人给我们杯子里斟上酒，我们敬了神就回家睡觉吧。让这个外乡人留在奥德修家里，由帖雷马科照顾他，因为这是他家的客人。”

他这样说；大家都同意了。安菲诺谟的侍从，杜利奇岛的杰出使者穆里奥给他们掺好酒，走到每人面前把酒斟上；他们向极乐天神们奠了酒，喝了蜜甜的酒浆；他们祭奠完毕，又称心地喝够了酒之后，就各自回到各人家里睡觉去了。

卷十九

这时英雄奥德修留在堂上，计划怎样在雅典娜的帮助下，把那些求婚人杀死；他就急促地向帖雷马科说道："帖雷马科，把那些兵器全部拿走；要是求婚人注意到它们不见了，向你质问，你就用甜言蜜语欺骗他们；你可以说：'我把它们拿走，是为了不让它们受到烟污，因为它们已经不像奥德修离开这里到特罗去的时候那么明亮，它们都受到烟火侵蚀，被熏黑了。还有一个更重要的理由就是天神给了我一个念头：我怕你们喝醉了会争吵起来，自相残杀，使得酒宴和求婚成为笑柄；铁制的兵器对人是有引诱力的。'"

他这样说，帖雷马科就听从他父亲的话，叫来保姆尤吕克累，向她说道："妈，现在给我把女奴都关在屋里；我要把我父亲的好兵器搬到库房里去。自从我父亲离开之后，这些兵器留在堂上没有人管，都给烟熏黑了；我当时还是个糊涂孩子，可是现在我要把它们收起来，免得让烟火接近它们。”

他的亲爱的保姆尤吕克累对他说道：“孩子，我真希望你多多关心你自己的家业，保护你的一切财产。可是如果你不让女奴们走在前面给你照亮，又有谁来给你拿着火炬呢？”

谨慎的帖雷马科向她说道：“这位客人可以给我拿火炬的；我不能让吃了我家一份饭的人不干活，即使他来自辽远地方。”

他这样说，她不敢多问，就关上大堂的门。这时奥德修和他的高贵儿子跳起来，开始搬运那些战盔圆盾和利矛；帕拉雅典娜在前面擎着黄金灯盏，放出幽美的光辉；帖雷马科对他父亲说道：“父亲，我亲眼看到一件非常奇怪的事；这殿堂的墙壁、美丽的藻井、柏木屋梁和高大堂柱都在我眼前发出光彩，好像有明亮的火光照耀着一样；看来一定有某位执掌广天的神祇在这里。”

足智多谋的奥德修回答他说道：“禁声，把你的话藏在心里，不要发问；主管奥仑波山的天神自有道理。你现在去睡吧；我要留在这里，以便进一步试探奴仆们和你母亲；她会流着眼泪，问我各种事情的。”

他这样说，帖雷马科在火炬照耀下走过堂上，当甜蜜的睡意降临的时候，回到他房里去休息；那是他一向睡觉的地方；他回到房里躺下等待灿烂的曙光；可是英雄奥德修还留在堂上，盘算怎样在雅典娜的帮助下，把那些求婚人杀掉。

这时聪明的潘奈洛佩走出房门，仪表有如阿特密或金光璀璨的阿芙洛狄谛一般。女奴们给她在火旁摆好她常坐的椅子，那把椅子镶着象牙和白银花饰，是过去巧匠伊克马留制作的，下面还有脚凳，同椅子连在一起。她们又在椅子上铺好厚大的羊皮。聪明的潘奈洛佩在这椅子上坐下；素臂侍女从里屋出来，拿走那些丰盛饭食、餐几以及那些高贵的求婚人喝酒的杯子；她们把燎炬的残烬倾倒在地上，又重新放上许多木柴，让火发出光明和温暖。

这时美阑多又一次讥笑奥德修说道：“外地人，你还要整夜留在这里，让人讨厌吗？你还想在屋里乱窜，偷看女人吗？你这个叫化子，出去吧，你吃得不少了。不然会有人拿火炬打你，把你赶走呢。”

足智多谋的奥德修怒视着她说道：“真奇怪，干什么要这样恶毒地攻击我？是因为我形貌污秽，衣裳褴褛，到处讨饭吗？我这是出于无奈，乞丐流浪汉都是这样的。过去我在世上也有自己的产业，也是个有钱享福的人，也曾多次向流浪汉施舍，不论他是什么模样，有什么要求；我也有过许多奴隶，许多别的财产，生活很宽裕，称得上是富人，可是由于阒阓之子宙斯的意旨，我的一切都给剥夺了。你这个女人现在也要小心一点，免得哪一天你也丢掉你的一切荣耀，虽然目前你在女奴中很神气。也许有朝一日你的女主人会生气不喜欢你；也许有朝一日奥德修会回来，这件事也还并不是毫无希望的；即使他真的死了，不再回来，由于阿波龙的恩典，现在他还有帖雷马科那样英勇的儿子，家里任何一个女奴的恶劣行为都瞒不过帖雷马科，因为他已经不是小孩子了。”

他这样说，聪明的潘奈洛佩听见他的话，就斥责她的侍女说道：“你这个胆大无耻的狗东西，你做的恶事瞒不了我，你总要丢掉你的头才能洗清这个耻辱；这一切你很清楚，你听到我亲口说过的。我要在这里向这位客人打听我丈夫的消息，因为我很挂念奥德修。”

她又对保姆尤吕诺弥说道：“尤吕诺弥，搬一把椅子过来，上面铺好一张羊皮，请这位客人坐下谈谈，请他听我讲话；我想问他一些事情呢。”

她这样说，尤吕诺弥立刻搬来一把光滑的椅子，把它放好，上面又铺了羊皮；历尽艰辛的英雄奥德修坐了下来。这时聪明的潘奈洛佩开始讲话，说道：“客人，我首先要问你这个问题：你是个什么人？你是从哪个城邦来的？你的父母是谁？”

足智多谋的奥德修回答她说道，“夫人，在辽阔大地上没有人能指责你；你的名声直达广大苍穹，正像一位没有缺点的君主，他敬畏上天，统治许多强盛部族，主持公道；由于他的贤明统治，玄黑的土壤生长大麦和小麦，树上垂着果实，羊群不断增加，大海鱼类繁殖；在他的治理下，人寿年丰。可是现在在你家里请你还是问我别的事情吧；不要问我的部族和故乡，不然回想起来我的心就要更加难受了；我是个饱经忧患的人；我不应该在别人家里悲伤叹息；不停的悲哀是很不好的；我也不希望你和你的奴仆责骂我，说我喝醉了酒，才哭得这样沉痛。”

聪明的潘奈洛佩回答他说道：“客人，自从阿凯人渡海到伊利昂去，我的丈夫奥德修也随同前往之后，永生天神就毁了我的才德风度和容颜。要是奥德修能够回来，照顾我的生活，我的名声将会更大更好；可是现在我很悲哀，上天给了我这么多的灾祸。许多统治着杜利奇、萨弥和树木阴森的查昆陀各岛屿的王侯，以及住在天气晴朗的伊大嘉的本地贵族，都强迫着我，向我求婚，消耗我的家产；由于这个缘故，我忽略了外来的客人、求援的人和为了公事奔走的使者；我怀念着奥德修，我的心都碎了；可是他们还催着我，要我早日嫁给他们。我曾经想了一个计策；首先是上天向我示意，要我在房间里织一匹大布，一件宽大精细的袍料；我对求婚人说：‘我的求婚人，各位王孙公子们，英雄奥德修反正已经死了；虽然你们着急要决定我的婚事，还是请稍等一下吧，等到我织完这件袍料，免得让我已经织好的那一段白白浪费；这是为英雄拉埃提准备的一件丧服，是等到人所难免的死亡降到他头上的时候用的；如果这位赢得许多财产的王爷死时连一件丧服都没有，阿凯人中会有人责怪我的。’

“我这样说，这些高贵的人表示同意。从那时起，我每日白天织这匹大布，可是到了夜间，身旁放好灯烛的时候，我就把织好的拆掉；有三年时间我都瞒过了阿凯人，可是时节流转，岁月消磨，到了第四年，我有几个女奴，那些毫无忌惮的狗东西，同求婚人串通，突然袭来，把我当场捉住；他们大吵大闹，向我指责，在被迫之下，我只好织完那匹布；现在我避免不了再嫁，想不出其他办法；我的父母催我快些出嫁，我的儿子看到他们消耗我们的财产也很焦急，因为他已经长大成人，完全有能力照料一个上天赐给荣誉的家庭了。可是请你还是告诉我，你属于哪个部族，是从什么地方来的；一个人总不会是古老的橡树或石头所生的。”

足智多谋的奥德修回答她说道：“尊贵的拉埃提之子奥德修的夫人，既然你一定要问清我的出身部族，好吧，我都告诉你，虽然你这样做只是给我增添痛苦；一个人离开故乡那样长久，像我现在这样，痛苦是很自然的。我曾经漂游到许多种族的城邦，受尽苦难；可是我还是回答你的问题，对你讲清楚吧。有一个地方名叫克里特，在葡萄紫的海水中央，地方美好肥沃，四周被水环绕，那里有很多居民，多得数都数不清，有九十个城镇，不同语言的种族都杂居在一起，其中有阿凯人，有豪迈的埃特奥克里特人，有鸠东人，还有盔上带着马尾的多瑞人和英勇的培拉斯戈人。在众城中最大的城是克诺索，有一位弥诺王从九岁开始便治理那个地方；他是伟大的宙斯的好朋友，是我父亲英雄丢加里翁的父亲；丢加里翁生了我和王子伊多曼留；伊多曼留曾坐着弯船同阿特留之子一起到伊利昂去远征。我的高贵名字是埃松，是丢加里翁的次子；伊多曼留比我年长，也比我本领高强。在他出征时我曾遇见过奥德修，还送给他一些礼物；那是当奥德修到特罗去的时候，他的船经过马雷雅，风波把他带到克里特。他在安姆尼索地方停泊，那里有个埃雷杜亚山洞；他好不容易才避开风浪，到达港口；那时他进城去找伊多曼留，因为他说伊多曼留是他敬爱的朋友，可是这时伊多曼留已经坐弯船到伊利昂去远征，离开十天或十一天了。我请他到我家，殷勤地把我的丰盛物品款待他；我还拿公家麦子和灿烂酒浆供给他以及同他一起来的其他伙伴，还给他们宰了牛，来满足他们的愿望。那些英雄的阿凯人逗留了十二天，因为强烈的北风阻止他们启程，人在地上都站不稳，大概有天神发了脾气造成风浪吧。到了第十三天，风浪平息，他们就走了。”

他把许多假话说得像真事一样，潘奈洛佩听见流起泪来，泪水沾湿了脸。就像西风吹下的雪，在东风解冻时，在山巅融解，融雪使得江河满溢，正是这样，她流下眼泪，沾湿了美好的容颜，泣念着就坐在她身旁的丈夫。奥德修看见他妻子哭泣，心里也感到怜惜，可是他的眼睛还是像牛角或铁制的一样，眼皮一动也不动，狡猾地藏起他的眼泪。潘奈洛佩哭泣了很久；等到她哭够了，她又回答他说道："客人，我现在还要考验你一下，看你是否真正在家里招待过我的丈夫和他英勇的伙伴，就像你所说的那样。请你讲讲，他当时身上穿着什么衣服？他是什么模样？还有同他一起去的伙伴是什么模样的人？"

足智多谋的奥德修回答她说道："夫人，经过这么长的时间再来描写他是相当困难的，奥德修从我们那儿离开已经有二十年了；可是我还是按照我所记得的对你讲：英雄奥德修穿着一件双幅的紫羊毛袍，上面黄金带钩有两副扣子，带钩上有精细的雕工，雕出一只狗用前爪擒住一只梅花鹿，它的嘴咬住那只还在挣扎的鹿。我们看了那精巧的手艺，都惊叹不已；虽然那是黄金制成的，那只狗好像正抓住鹿要咬死它，鹿正用脚挣扎想逃命。我还注意到，他身穿的衬衫非常光滑，轻细有如干了的葱皮那样，而且像太阳一样发出光辉，使得许多妇女看了都非常惊奇。我告诉你这件事，你要好好记住。我不知道奥德修在家里是否也穿这件衣服；也许是在他乘船远征时什么伙伴或者外乡人送给他的；因为奥德修有许多好朋友，很少阿凯人能够同他相比。我自己也送过他一把青铜剑和一件双幅的紫色长袍和绣花的上衣，我还隆重地送他乘着精制的船上路。跟随他的有一位使者，那人比他年长一些；我可以同你讲他是什么模样：那人的肩背有些弯，脸皮黑黑的，头发鬈曲；他名叫尤吕巴提；奥德修对他比其他伙伴都更信任，因为尤吕巴提同他意气相投。”

他这样说；这又一次引起潘奈洛佩哭泣，因为她认出奥德修所说的那些真实凭证。潘奈洛佩哭了好久；在她哭够了的时候，她又回答他说道：“客人，我以前只是同情你的遭遇，可是现在你在我家里是一位受敬爱的人；你所提到的那些衣服正是我亲手叠好，从库房里拿出来交给他的；我又给了他那个漂亮带钩作为装饰。我再不能欢迎他回到自己亲爱的家乡来了。我真是不幸；奥德修居然坐着弯船到那个可恨的伊利昂去远征；那个地名我简直不想再提。”

足智多谋的奥德修回答她说道：“尊敬的拉埃提之子奥德修的夫人，现在不要再毁损你的美好容颜，不要为你丈夫哭泣而揉碎你的心吧；当然，你这样做，人们也不能怪你；别的妇人在结婚生了孩子之后，如果丈夫死了，也会这样啼哭的；何况世人都说奥德修仪表像天神一样。但是请你还是停止啼哭，听我的话；我要毫不隐瞒地把全部真相都告诉你：我最近听到奥德修就要回来的消息；他还活在世上，他就在塞斯普洛特人丰沃的国土上，离这里不太远，而且在他到处漂游求援的过程中，还获得了大量贵重财物。不过在他离开塞尼那吉岛的时候，在葡萄紫的大海上，他损失了他的忠实伙伴和弯船；这是因为他的伙伴宰杀了太阳神的牛，宙斯和太阳神发了怒，结果他的伙伴就在波涛汹涌的大海里全部丧命；只有奥德修坐在船脊上，被海浪推到岸上，到了腓依基人的国土；腓依基人是同天神有亲密关系的种族；他们敬重奥德修也像对待天神一样；他们送给他许多礼物，很愿意护送他安全归国。所以奥德修早就应该到家了，只是他认为在许多地方游历，多积聚一些财产，那样更为合算；奥德修是比任何人更懂得怎样搜罗财物的；在这方面没有任何人可以比得过他。这个消息是塞斯普洛特人的王菲东告诉我的；当我在菲东家里向神祭奠的时候菲东曾对我发誓，说已经把船拖下水，准备好桨手，就要护送奥德修回到他亲爱的故乡；可是结果他还是先把我送走了，因为当时正好有一只塞斯普洛特的船要到生产小麦的杜利奇岛去。他还让我看到奥德修所聚积的财物；堆在殿堂上的财宝是那么多，足够他子孙用到第十代。他又说当时奥德修是到多杜尼去了，去朝拜宙斯的高大橡树，以便听听天神的旨意，问问天神在他离家许多年之后，他究竟应该怎样回到故土，是公开去呢，还是秘密地去。总之，他平安无恙，就要回来，不会离开他的亲人和故乡很久了。让最伟大最好的天神宙斯和在我面前的英雄奥德修的灶火作我的见证，现在我向你发誓；这一切都肯定会实现，就像我说的这样；在这个月内，在月亮盈亏之际，奥德修就会回到这里的。”

聪明的潘奈洛佩又对他说道：“客人，我多么希望这一切实现！如果是那样，你就会看到我们对你怎样盛情招待，赠送你许多礼物，使得看见你的人都羡慕你。可是我心里感觉事情不会那样；奥德修不会再回来了，你也得不到人护送你上路，因为我家里没有奥德修那样主管家务的人；要是有那样的人，我们就能招待贵客并且送他上路了。现在侍女们，你们要给客人洗洗脚，给他摆好床铺，放好床垫、毛毯和灿烂的被褥，让他舒服暖和地等待金座的曙光降临。明天早晨你们还要给他洗浴擦油，让我家里的客人坐在堂上，在帖雷马科旁边进餐。要是有哪一个敢心怀不满，对客人无礼，那样对她不会有什么好处；不管她怎样发脾气，她以后也要倒霉的。如果客人没有沐浴更衣就在堂上进餐，他就不会认为我是个聪明懂事的女人了。世人的一生是短暂的；如果一个人生性吝啬，做事太小气，任何人都会看不起她；在她生前，人希望她遭到不幸，在她死后，人要拿她作为笑柄；可是如果一个人品格高贵，做事大方，宾客们就要在世人中传播她的名声，大家都会称她为高贵的人。”

足智多谋的奥德修回答她说道：“尊贵的拉埃提之子奥德修的夫人，自从我离开克里特的积雪盖的山巅，坐着长橹的船远征以来，我从不想要什么毛毯和漂亮被褥；我还是像过去一样地度过不眠长夜吧；我已经多次睡在简陋的行军床上，等待华座的灿烂曙光降临。洗脚并不能让我心情舒畅；我也不喜欢让你家女奴接触我的脚，除非是一个像我一样饱经苦难的老太婆，一个规规矩矩的女人；要是有那样的人我也不反对。”

聪明的潘奈洛佩对他说道：“亲爱的客人，我家还没有欢迎过比你更明白道理的远方来客；你的话很有道理，都经过慎重考虑。我有一个很懂得规矩的老太婆；她曾抚养过我的不幸丈夫；自从他母亲生了他之后，这老太婆就是他的保姆。虽然她已经衰老了，她可以给你洗脚，来吧，懂事的尤吕克累，你来给这位年纪同你主人差不多的客人洗脚吧。我想奥德修的手脚大概也变得这样了；在患难中一个人会老得很快的。”

她这样说；那个老妇人拿手掩住脸，流着热泪，啼泣着说道：“啊，奥德修我的孩子，我一点也帮助不了你；看来，虽然你很敬重天神，宙斯讨厌你却超过任何人；世上没有任何别人像你那样焚祭过大量肥美的羊股和精选的牺牲，献给执掌霹雳的天帝；你曾经向神祈求，希望能够平安到老，把你高贵的儿子养大成人；可是现在宙斯却偏偏不让你一个人回来。我想在辽远的异乡，当奥德修来到一所显耀的府邸的时候，那里的女奴也会嘲弄他，就像这里的狗奴才嘲弄你一样。你现在不愿意要她们给你洗脚，免得受到她们嘲弄和侮辱，可是聪明的潘奈洛佩，伊加留的女儿，却命令我给你洗脚；我也不反对这个。我一方面为了她，愿意给你洗脚，一方面也是由于你引起了我的悲伤。现在请你注意我要说的话：许多饱经忧患的外乡人都来过这里，可是我从来没有见过任何一个像你这位客人，在身材上、声音上和腿脚上，都同奥德修一模一样。”

足智多谋的奥德修回答她说道：“见过我们两个的人都

说我们非常相像，正如你所注意到和所说的那样。”

他这样说；那老妇人就拿来一个光亮的浴盆给他洗脚；她先倒上很多冷水，然后加上热水；可是奥德修坐在房间角落里，向着阴暗地方把身子转过去，因为他怕她接触他的身体时会注意到一个伤疤，将他认出来。果然，当她走过来给她主人洗脚的时候，她很快就注意到了那个伤疤；那是过去奥德修到帕尼索去拜望奥托吕科和他儿子的时候，被一只野猪用它的白牙咬伤的。奥托吕科是奥德修的尊贵的外祖父；天神赫尔墨给了他一种本领，使他在盗窃和咒语方面高人一等；这是由于奥托吕科向赫尔墨献过使他满意的牺牲，绵羊和山羊的股肉，所以赫尔墨才愿意帮助他。奥托吕科曾到丰沃的伊大嘉去看他女儿初生的儿子；他吃完饭以后，尤吕克累把孩子放在他膝上，向他说道：“奥托吕科，现在给你的外孙起个名字吧，我们盼了好久才得到这个孩子。”

奥托吕科回答道：“我的女婿和女儿，你们可以按照我说的给他命名：我到这个丰沃的国土来的时候，得罪了不少男女，因此就给他起个名字叫作奥德修好了。等到他长大成人，他可以到我那里，到他母亲的府邸来，我将送给他一些财产，让他满意回家。”

奥德修就为了这个诺言才到奥托吕科那里去，为了领取光荣的礼物。当时奥托吕科和他的儿子们拉着他的手，向他表示欢迎，奥德修的外祖母安菲赛依又抱着他，吻他的头和漂亮的大眼睛。奥托吕科吩咐他高贵的儿子们备饭；他们遵命立刻带来一头五岁的公牛，剥了皮，弄干净，剖开牛身，熟练地把牛肉切成长条，拿铁叉穿起来，巧妙地烤熟了肉，又分成许多份。他们吃了一整天，直到日落时分，吃得非常称心满意。在太阳落下黑夜降临之后，他们就躺下享受天赐的睡眠。

当那初生的有红指甲的曙光刚刚呈现的时候，他们出去打猎；奥托吕科的儿子们带着猎狗，英雄奥德修也一同前往；他们爬上险峻而长满树木的帕尼索山，不久来到多风的山谷里；这时太阳才从幽深而水流迟缓的瀛海升起，照耀到田野上；打猎的人到达林薮，前面有狗跑着寻找野兽踪迹，后面是奥托吕科的儿子们。跟他们在一起的英雄奥德修摇着长矛追上了猎狗。这时一只巨大的野猪正躺在它幽暗的巢穴里；那里堆着很多落叶；是那样幽深，潮湿的风吹不透，明亮的阳光照射不到，连雨也渗不进去；当猎人和狗前进搜索的时候，他们的脚步声传到野猪那里；它竖起鬃毛从林薮里出来，在离他们不远的地方面对着他们，双目眈眈好像要发出火来。奥德修第一个窜过去刺它，长矛在他健壮的手里举起，但是野猪比他更快，向他大腿冲去；幸好斜了一些，野猪的牙在腿肉上咬了一条长长的伤口，但是并没有碰到骨头。这时奥德修把明亮的矛头准确地刺进野猪的右肩，它哼了一声就倒在尘埃，结束了生命。奥托吕科的儿子们一面忙着处理野猪，同时又把高贵神勇的奥德修的伤口熟练地包裹好，用咒语止住黑色的血，接着他们就回到他们父亲的住宅。奥托吕科和他儿子们把奥德修医治好了，送给他贵重的礼物，就立刻送他高高兴兴地回到他的故乡伊大嘉。他的父亲和尊贵的母亲看见他回来，很是高兴；他们问他各种事情，是怎样受伤的；他就详细同他们讲了，当他同奥托吕科的儿子们一起到帕尼索山打猎的时候，一只野猪怎样用它的白牙咬伤了他。

那个老妇人用双手抬起他的腿，摸到了这个伤疤，就认出了他。她丢下奥德修的脚，脚落到青铜盆里发出铿啷响声；铜盆倾斜，把水泼到地上。她心里悲喜交集，眼里充满泪水，哽咽着说不出话来。她抚摸着奥德修的下颏说道："原来你就是我亲爱的孩子奥德修，可是我并没有认出你来，

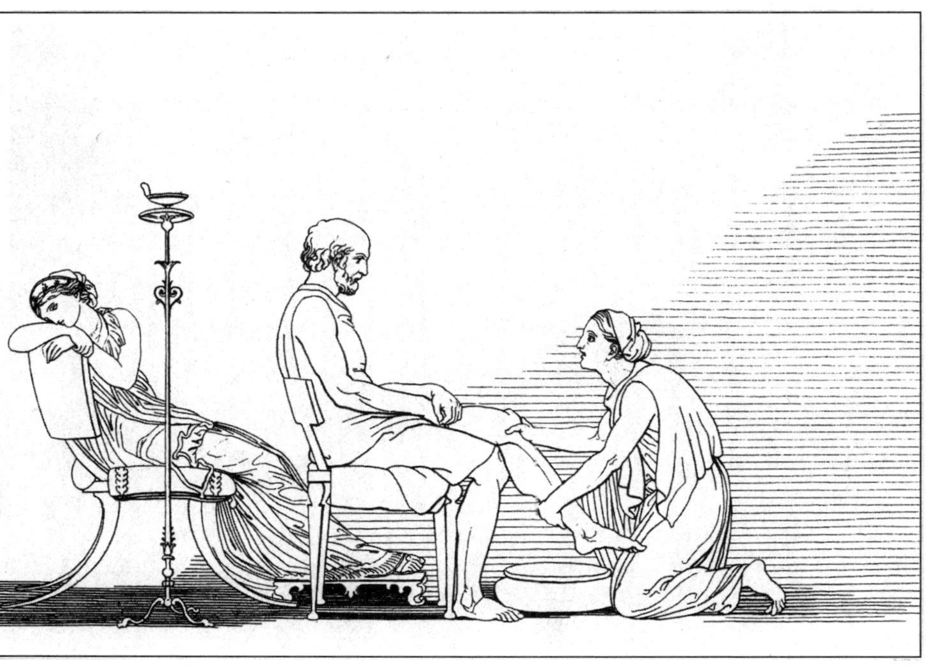

尤吕克累认出奥德修

一直到我接触到我主人的身体，我才知道。”

她说完就转眼看着潘奈洛佩，想要让她知道她的亲爱丈夫就在这里；可是潘奈洛佩不能看到她的眼色，不能懂得她的意思，因为雅典娜把她的注意力转到别处去了。奥德修这时就摸着她的头颈，用右手抓住她的咽喉，另一只手把她拉过来，对她说道：“妈，你喂过我奶，把我带大，难道你要毁了我吗？我饱经苦难，过了二十年又回到了故乡；既然天神让你明白了这件事，你要保持沉默，不能让家里别的人知道。否则，我要告诉你，我说到做到：如果上天允许我制服那些傲慢的求婚人，你虽是我的奶妈，在我杀掉家里其他奴仆之后，我也饶不了你。”

聪明的尤吕克累对他说道：“我的孩子，你说的是什么话？你要知道我是忠心不贰的；我将闭口不说，就像坚硬的石头和铁一样。我还要告诉你，你要好好记住；如果上天让你制服了那些傲慢的求婚人，到那时我可以告诉你家里女奴哪一些是不尊敬你的，哪一些是清白无罪的。”

足智多谋的奥德修回答道：“妈，你不必提到她们；这件事不要你管，我自己可以看得很清楚；每人的情形我都可以打听出来；你保持沉默好了，把这件事交给上天去办吧。”

他这样说；老妇人从堂上走出，给他重打洗脚水，因为先前倒的水都泼掉了。她给他洗好了脚又擦好油之后，奥德修把座椅拉到火旁取暖，把伤疤藏在褴褛破衣下面。

聪明的潘奈洛佩对他说道："客人，我还有一件小事要问你。使人安逸的睡眠时间就要到了；即使一个人有忧愁，甜蜜的睡梦也会降临的，我却不是这样；上天给了我无穷烦恼；每天白天我一边料理自己的家务，安排家里女奴们的工作，一边长吁短叹；到了夜里，所有的人都已入梦，我却躺在床上，心情沉重，感到尖锐的痛苦，心里难过得无法安眠。正如过去潘达留的女儿所化成的绿树上的夜莺，在初春季节，在树木的浓荫里不停地啭弄歌喉，唱出美妙的曲调，哀悼着她无意中用青铜杀死的亲爱的孩子伊图洛，儿都王的儿子；我的心正是这样骚动不宁，打不定主意，不知道应该留在我儿子这里，看守所有的家财，看守我的产业、奴隶和高大宫宅，尊重我丈夫的卧床和大众的舆论，还是应该嫁给一位向我求婚，送给我大批聘礼的、身份最高贵的阿凯子弟。当我的孩子年纪还小、还不懂事的时候，他不让我离开我丈夫的家，改嫁旁人；可是现在他已经长大成人，他也希望我离开这所宅子了，因为他不愿意那些阿凯子弟消耗他的财产。现在请听我讲一个梦，请你给我解答一下：我看见家里的二十只鹅从水里出来吃麦子；我看见它们很高兴，可是从山上飞来一只钩喙的大鹰，它折断所有的鹅颈，杀死了它们，在堂上尸首成堆，然后那只鹰就高飞到明朗的天空去了。我当时在梦中啼哭起来；华鬘的阿凯妇女聚集在我身边，我哭得很沉痛，因为那只鹰弄死了我的鹅。这时那只鹰又飞回来，停在横梁上，口吐人言，叫我不要啼哭，向我说道：'美名远扬的伊加留的女儿，安心吧；这不是噩梦，是吉祥的预兆，就要实现的。那些鹅就是求婚人，我是方才的那只鹰，现在是你的丈夫，我回到家里，就要使全体求婚子弟遭到悲惨的结局。'它这样说；那时我从酣睡中醒过来；我看看周围，我又看到鹅群还在家里，在它们往常进食的饲槽那里吃着麦子。"

足智多谋的奥德修回答说道："夫人，既然奥德修他自己说出未来的事，这个梦当然不能有别的解释；全体求婚人的毁灭是肯定的，一个也逃不掉死亡的结局。"

聪明的潘奈洛佩又对他说道："客人，梦总是复杂难解的；并不是所有的梦都会实现。幻梦之境有两个门，一个是牛角的，另一个是象牙的。通过锯断象牙的门出现的梦是假像，它反映的事物是不会实现的。通过磨光牛角的门出现的梦，都是确实的，不管是什么人梦见的；可是我认为我的怪梦并不是来自那里；要是那样，我和我孩子会多么高兴啊！我还要告诉你一件事，你要好好听着：他们叫我离开奥德修的家的那个可耻的日子就要到了；我想安排一次竞赛；奥德修曾经把这十二把铁斧在堂前竖成一排，就像船的龙首一样；他可以站在远处射箭穿过它们；现在我也要给那些求婚人安排这个竞赛；如果有人能轻而易举地拉上弓弦，一箭射穿所有十二把斧头，我就跟他去，离开我丈夫的十分美好殷富的家宅；我想在睡梦中保存它的记忆。”

足智多谋的奥德修回答道：“尊贵的拉埃提之子奥德修的夫人，你现在不要推迟你家里的这次竞赛，因为足智多谋的奥德修，等不到他们拿到那把光滑的弓，拉上弓弦，射穿铁斧，就会来到这里的。”

聪明的潘奈洛佩对他说道：“客人，要是你肯留在堂上给我解闷，睡意将不会落到我的眼皮上；可是一个人不能不睡觉，因为永生的天神给生长五谷的土地上的凡人安排了他的固定休息时间。我也要上楼到我床上睡觉去了，虽然看到卧床我就感到悲伤，自从奥德修去到那个我不愿意提起的倒霉地方伊利昂之后，我的眼泪总把床铺沾湿。你就在我家里休息吧，你可以打地铺，也可以叫女奴们给你放一张床。”

她说完就走到她楼上的华丽寝室去了，不是一个人去，还有她的侍女同她一起。她同她的侍女上了楼，又继续哀悼她的亲爱的丈夫奥德修，一直到明眸女神雅典娜把酣梦放在她眼睫上的时候。

卷二十

英雄奥德修就在前殿休息；他先在地上铺了一块没有鞣制过的牛皮；上面又放上阿凯人经常宰杀而积累起来的很多羊皮；他躺下的时候，尤吕诺弥又丢给他一件外套盖上。奥德修躺在那里，可是并没有睡着，心里还在为那些求婚人计划灾祸。这时女奴们都走过堂前，就是那些曾经同求婚子弟们在一起鬼混的女人；她们嬉笑着，相互交谈。奥德修心里发火，盘算了好久，要不要冲过去把每个女人都杀掉，还是看着她们最后一次同狂妄的求婚子弟们胡混。他的心在怒号，正如一只狗守在它幼弱的小狗旁边，看到一个生人过来，就想去攻击他而低声吼叫；他的心正是这样吼叫着，看见邪恶的事而激怒起来。但是他终于捶着胸膛责备自己说道:“我的心，忍耐吧，独目巨人毫无忌惮地吞吃你勇敢伙伴的时候，你还忍受过更难堪的事；当时你也忍下去了，一直等到用计策逃脱了你认为至死也逃不出的崖穴。”

他这样说，让他的心坚决忍受，努力克制住他的感情；可是他还是翻来覆去；就像一个人在熊熊烈火前转动一个充满肥油和血的羊肚，急切希望把它烤熟；他正是这样翻来覆去，盘算着怎样对付那些无耻的求婚子弟，单独对付他们一大群人。这时雅典娜从天降下，变作妇人模样，来到他身边，站在他头旁向他说道:“你这个世间最不幸的人，怎么还没睡着？你是在自己家里，同你的妻子在一起；你的儿子又是那么出色；谁都愿意有那样的儿子。”

足智多谋的奥德修回答道:“不错，女神，你说得很对；可是我还是担心这件事；我赤手空拳，怎么对付得了那些无耻的求婚子弟？他们在堂上总是集合在一起的。我还考虑更严重的一个问题：即使你和宙斯让我杀掉他们，我又能逃到什么地方去呢？这些我请你考虑一下吧。”

明眸女神雅典娜对他说道:“你这个坏东西，旁人对一个凡人，一个软弱的伙伴，尚且可以信赖；要知道我是一个有极大智慧的天神；在一切危难中我是一直保护着你的。我对你明白说吧：就是有五十队人对抗我们，想要在战斗中杀掉你，你也能够夺走他们的牛群和肥羊的。现在快睡吧；终夜忧虑不睡觉是会让人疲倦的。你就快要脱离灾难了。”

她这样说，把睡梦洒在他眼睫上；那辉煌的女神就回到奥仑波山去了。

当睡梦抓住了奥德修，使他解除忧虑，四肢松弛的时候，他的忠贞的妻子还醒着，坐在柔软的床上伤心流泪。她哭泣够了，那高贵的妇人就开始对阿特密女神祷告说道：“神后阿特密，宙斯的女儿，我真希望现在你就用箭刺穿我的胸膛，让我立刻丧命，或者让一阵狂风把我抓走，带过云雾迷漫的海路，抛到海水流入瀛海的地方，就像过去一阵狂风把潘达留的女儿们带走那样。

“当时天神们杀了她们的父母，让她们在家里孤苦无依，可是辉煌的阿芙洛狄谛供给她们奶酪、甘蜜和甜酒，希累赐给她们超人的容貌和智慧，圣洁的阿特密给她们健美的身材，雅典娜给她们出色的手艺；可是当辉煌的阿芙洛狄谛去到崇高的奥仑波山，到那无所不知、主宰世人祸福、执掌霹雳的宙斯那里，代她们请求完成美满婚姻的时候，狂风就抓走了这些姑娘，把她们交给可怖的厉鬼，为它们服役。

“我希望居住在奥仑波山上的天神也同样毁灭了我，或者让华鬘的阿特密把我射死。让我记着奥德修的形像去到可怖的黄泉；不要让我向一个远不如他的人献殷勤吧。如果一个人在白天心情沉重、不停地哭泣，但是到了夜里还能够睡着，那样的悲惨处境还是可以忍受的，因为一旦睡梦落到他眼睫上，一切悲欢也就忘记了。上天对我却总是送来噩梦；今天夜里我就又看到他的形象在我身旁，就像他出征时一模一样；我当时心里高兴，还以为不是梦境而是实事呢。”

她这样说；没有多久金座的曙光就降临了。英雄奥德修听到她的泣诉，吃了一惊，以为她一定来到他枕边，认出他来了。他把床铺上的盖袍和羊皮叠好，放在殿上一把椅子上，又把那块牛革拿到门外放下；他就举起双手向天祷告道：“天父，如果你们天神同意让我在受了严峻考验之后，越过土地和海洋回到故乡，那么就让在屋里睡醒了的人给我一个预兆，在门外也请天帝给我一个征象吧。”

他这样作了祷告；他的祷告被多谋的宙斯听见，就立刻从高高云端，从光明的奥仑波山，发出了隆隆雷声。英雄奥德修感到鼓舞。这时附近屋里一个磨面的妇人也作了预言。那间屋子里放着英雄奥德修的石磨；有十二个女奴在那里推

狂风抓走潘达留的女儿们

磨，磨着大麦和小麦等粮食。女奴们都在睡觉，因为她们已经磨好面粉，只有一个还没有停工，因为她气力最差。这个女奴就在这时停止磨面，说了几句话，为她的主人作出了预言:“统治凡人和众神的天父，你在繁星的天空响了一个大雷，可是天上并没有云彩；你一定是为某人显示征兆。现在请你也让我这可怜人的祈求得以实现，但愿那些求婚人今天是最后一次在奥德修的家里尽兴饮宴。他们给了我艰苦的劳役，让我磨面粉，搞得精疲力竭；但愿现在是他们吃最后一次饭。”

她这样作了祷告;英雄奥德修听了这预言和天帝的响雷，感到鼓舞，因为他知道那些恶人要在他的手里得到报应了。

在奥德修的美好宫室里女奴们开始集合，在灶上燃起不灭的火。仪表如神的帖雷马科从床上起来，穿好衣服，把利剑挂在肩上，在光滑的脚上系好美好的鞋子，拿起锋利的青铜巨矛，走到门槛上站定，向着尤吕克累说道:“亲爱的保姆，你是殷勤礼待了家里的客人，供给他床铺和饭餐呢，还是把他丢在那里没有管？我的母亲虽然通情达理，但是她有一种脾气；她对有些人很尊敬，即使是下贱的人，可是有些高贵的人她却会不礼貌地把他们送走呢。”

聪明的尤吕克累对他说道:“孩子，你现在不能责备她;她并没有做错。客人一直坐着高高兴兴地喝酒，可是他自己说他不想吃东西;你母亲也问过他的。等到他该睡觉休息的时候，你母亲又吩咐过女奴给他准备床铺，可是他觉得自己太穷困落魄，不愿意在床上盖着被睡觉;结果还是在前殿铺了一块没有鞣制过的牛皮和一些羊皮，在那里睡了觉;我们又给他盖了一件外套。”

她这样说，帖雷马科就走过殿堂，手里拿着长矛，后面有两只捷足的猎狗跟随;他到会场去，到那些披甲的阿凯人那里。这时培西诺之子奥普的女儿尤吕克累，那出身高贵的妇人，就吩咐女奴们说道:“你们赶快集合，一部分人可以打扫一下殿堂，洒点水，在精工制造的椅座上铺上紫色毡子;另一部分人可以拿海绵洗擦所有的餐几，把掺酒的碗和精巧的双耳酒杯都洗干净;还有一些人可以到泉边打水，赶快送来;求婚子弟们不会离开这所房子很久的;他们就要到了;因为今天是万众欢腾的节日。”

她这样说，女奴们都听她的话去做;二十个女奴去到幽暗的泉水旁边，另一些人在堂上熟练地干着活。这时那些阿凯子弟的仆役们也来了;他们很熟练地把木柴劈碎;女奴们从泉边带水回来；在她们之后又来了牧猪奴，赶着三头公猪，都是猪群里最好的；他把猪放到美好庭院里去找食，然后对奥德修友好地问道："外地来的客人，那些阿凯子弟对待你好了一些吗？还是仍旧像以前那样在堂上侮辱你？"

足智多谋的奥德修回答道："尤迈奥，我真希望天神对这种无耻行为降下报应；这些狂妄的人在别人家里作出了恶劣行为，居然毫无禁忌，不知节制。"

他们这样交谈着；这时牧羊奴美阑修来到他们旁边，赶着羊群里最好的山羊，供求婚子弟餐用；他后面跟着两个牧人。美阑修把山羊系在有回声的走廊里，然后用讥讽的口吻对奥德修说道："外乡人，怎么你还在屋里讨饭惹人讨厌？怎么不到外头去？看来你总要尝尝我拳头的滋味，我们才能分手。你要饭怎么要不够呀？别的地方不也有阿凯人在吃饭吗？"

他这样说；足智多谋的奥德修没有回答；他只沉默着摇了摇头，心里计划着杀戮。

这时又来了第三个人；这就是出色的牧牛奴菲洛依调；他为求婚子弟赶来一头不孕的母牛和一些肥羊，那都是摆渡的人从大陆上运来的；他们来到那里的时候，也载送一些别的人。菲洛依调把牛羊系在有回声的走廊里，然后走过来，向牧猪奴问道：“养猪的，这个新来到我们这里的外乡人是谁？他自称是什么地方的人？他的氏族和家乡在哪里？这是一个不幸的人，可是外表倒像是一位王侯呢；天神们有时使得凡人到各处游荡，对王侯们也会安排下不幸的命运的。”

然后他走到奥德修身旁，伸出右手表示欢迎，并且认真地对他说道：“你好呀，老爹，虽然你现在受了许多苦，希望你将来有一天会碰到好运气。天父宙斯，任何其他天神都比不上你那样严厉；你降生了世人，可是并不怜惜他们，却让他们遭到不幸和悲惨的苦难。我看到这个外乡人的时候，出了一身汗，眼里充满泪水；他使得我想起奥德修来。我想奥德修如果还活着，还看到太阳的光辉，大概也是穿着同样的破烂衣裳到处游荡的。如果奥德修已经死去，到了阴间，我就要为那位高贵的人悲痛。当我还是小孩子的时候，奥德修就让我在刻法利看守他的牛群。现在他的牛群繁殖得数不清了；他拥有那么多的阔额牛，谁也比不上他。可是现在外人却命令我把牛赶来，给他们宰食；那些人不管奥德修在家里的后代，也不怕天神的震怒，只是一心一意地要分掉那长久没有人管的财产。这件事我已经盘算了好久。奥德修的儿子还在家里；如果我把牛群带走，到外地异族人那里去；这是很不对的。可是留在这里，忍受痛苦，把牛群白白送给外人宰食；我看那样更不对。我真该早早离开，去投靠另一位高贵的王侯去；现在已经忍不下去了；可是我对遭受不幸的奥德修还存着希望；也许他还会从哪里回来，把盘踞在他家里的求婚子弟都赶走吧。”

足智多谋的奥德修回答道：“养牛的，你不像是坏人，也不像是糊涂人；我可以看出你是很聪明的；因此我要告诉你，我现在也要发一个大誓，让众神之父、敬客的餐几和我来到的奥德修王爷家里的灶火作我的见证。就在这时奥德修就要到家了，你要是愿意的话，你可以亲眼见到在这里横行霸道的求婚子弟都要被杀死。”

牧牛奴对他说道：“外乡人，我热烈希望阋阆之子让你的话应验；要是有那一天，你就可以看出我的本领，看我怎样施展我的双手。”同样尤迈奥也向一切天神作了祷告，希望多智的奥德修能够回到家里来。

他们这样交谈着。这时求婚子弟们正在计划怎样害死帖雷马科；可是正当此时在他们左边出现一只高飞的鹰，抓住了一只柔弱的鸽子。安菲诺谟就在众人中预言道：“朋友们，

奥德修离开腓依基人的土地

克洛德・洛兰（Claude Lorrain）作

布面油画，1646 年

现藏于巴黎卢浮宫博物馆

雅典娜现身，让奥德修看清伊大嘉
朱塞佩·博丹尼（Giuseppe Bottani）作
布面油画，1775 年
现藏于苏富比拍卖行

帖雷马科在牧猪人家中认出父亲奥德修

小约翰·奥古斯特·纳尔（Johann August Nahl der Jüngere）作

布面油画，1825 年前

现藏于魏玛宫殿博物馆

奥德修与乞丐交战

洛维斯·科林特（Lovis Corinth）作

布面油画，1903 年

现藏于布拉格国立美术馆

潘奈洛佩

贝拉·奇考什·赛西亚（Bela Čikoš Sesija）作

布面油画，1894 年

现藏于萨格勒布当代美术馆

奥德修与潘奈洛佩

约翰·海因里希·威廉·蒂施拜因（Johann Heinrich Wilhelm Tischbein）作

布面油画，1802年

私人收藏

奥德修的保姆认出奥德修

爱德华·约翰·波因特（Edward John Poynter）作

布面油画，1919 年前

私人收藏

奥德修回到伊大嘉

杰拉德·德莱雷塞作

布面油画，1719 年前

现藏于慕尼黑巴伐利亚国家绘画收藏馆

奥德修攻杀求婚人

贝拉·奇考什·赛西亚作

布面油画，1931 年前

现藏于萨格勒布当代美术馆

奥德修向潘奈洛佩的求婚人复仇

克里斯托弗·威廉·埃克斯伯格作

布面油画，1814 年

哥本哈根希尔施普龙藏品

奥德修与帖雷马科攻杀潘奈洛佩的求婚人

托马斯·德乔治（Thomas Degeorge）作

布面油画，1812 年

现藏于克莱蒙－费朗罗歇·基约美术馆

奥德修与求婚人的战斗（局部）

洛维斯·科林特作

墙面装饰画，1913 年

现藏于柏林现代艺术博物馆

奥德修与求婚人的战斗（局部）

洛维斯·科林特作

墙面装饰画，1913 年

现藏于柏林现代艺术博物馆

奥德修的历险 I（上）、II（下）

阿波罗尼奥 · 迪乔万尼（Apollonio di Giovanni）与马可 · 德尔布诺（Marco del Buono）作

木板蛋彩画，约 1460 年

现藏于克拉科夫瓦维尔城堡

看来我们的打算不会如愿的；我们害不死帖雷马科；我们还是考虑吃饭的事吧。”

安菲诺谟这样说；他们同意了，就一起到辉煌的奥德修的家里去。他们把外衣放在椅座上，动手宰杀壮硕的绵羊，肥美的山羊，还有肥猪和精选出来的母牛。他们把腑脏烤熟，分给大家，在碗里掺好了酒。牧猪奴给每人放了一个酒杯，出色的牧牛奴菲洛依调把盛在美好篮子里的麦饼分给每人，美阑修给每人斟上酒。他们就伸手去拿面前的盛馔。

帖雷马科故意也让奥德修坐在精筑的殿堂里，靠近石制门槛，给他放好一张破旧椅子和一个小餐几，在他面前放上一份烤肉，又在一个金杯子里斟上酒；对他说道：“现在坐在这儿同这些人一起喝酒吧。要是哪一个求婚人想开玩笑或动手动脚，我都会替你挡住的。这儿不是公共场所，是奥德修的家，是他为我赢得的。你们求婚子弟们要控制住自己，不要出言不逊或动手，免得争吵和打架。”

他这样说；求婚子弟们都咬着牙，诧异帖雷马科讲话居然这么大胆。尤培塞之子安提诺就对众人说道：“阿凯人，帖雷马科的话虽然不中听，我们也只好接受，虽然他明明是在恐吓我们。这是因为闶阆之子宙斯不让我们行动；不然的话，我们就早该阻止他在堂上夸口了。”

安提诺这样说；帖雷马科没有理他。这时使者正带着献给天神的圣洁牺牲在城里走过；长发的阿凯人都到远射者阿波龙的树木阴森的神薮那里集合。

他们把外层的肉烤熟，把肉从叉子上抽下来，把肉分成若干份，吃了一顿丰盛的宴席。仆役们也给奥德修同样的一份烤肉，同他们自己一样，因为英雄奥德修的儿子帖雷马科吩咐他们那样做。

可是雅典娜为了使拉埃提之子奥德修心里更加恼火，不打算让那些高贵的求婚人停止使人难堪的侮辱举动。在求婚子弟当中有一个无法无天的家伙，名叫克提西伯，是萨弥岛人。这人倚仗着自己的数不清的财富，也向长久离家的奥德修的妻子求婚。这时克提西伯就对别的狂妄的求婚子弟们说道：“高贵的求婚人，请听我讲几句话；这个外地人已经得到同样的一份烤肉；这是很对的，因为我们不应该欺负来到帖雷马科家里的客人；那样做不合适也不公道。我现在还要送他一份礼物，让他也送些东西给英雄奥德修家里的奴仆或给他沐浴的女佣人吧。”

他说着，就用他壮健的手从篮子里拿起一只牛脚扔过去。奥德修很快地一闪躲开了，心里冷笑着；牛脚打到坚实的墙上。帖雷马科就责骂克提西伯说道：“克提西伯，你没有打中这位客人，他自己躲开了你的攻击；这件事便宜了你。不然的话我就要拿利矛刺透你的胸膛；那样你的父亲就要在家里忙着给你办丧事，而不是办喜事了。我警告你们：谁也不许在我家里无礼；我虽然过去年幼无知，现在我已经什么都懂得，分得出好歹。当然，我们亲眼看见这些事，看见羊群被屠宰，酒被喝干，也只好忍受下来；一个人总不容易阻止一大群人；可是请你们还是不要对我怀着敌意继续作恶吧。我倒宁愿你们用青铜兵器把我干脆杀掉；我宁可死去，也不愿永远眼看着这种恶劣举动，看着客人遭到侮辱，看着我美好住宅里的女奴被人拉来拉去，不像样子。”

他这样说；他们全体都沉默，没有讲话；最后达马斯陀之子阿格劳在众人中说道：“朋友们，听见有理的话，谁也不应该动怒争辩。我们最好还是不要侮辱客人和高贵的奥德修家里的奴仆。不过对帖雷马科和他的母亲我还是想进一点忠告，也许他们也会同意。如果你们还有希望，认为多智的奥德修还能回来，那样我们就没有理由责怪你们等候他，而且也应该约束家里的求婚人；因为如果奥德修真能够返回家乡的话，那样做法要妥当一些。可是现在事情很明显；奥德修是不会回来的了。你应该坐在你母亲身旁，劝告她嫁给身份最高贵的人，嫁给送给她聘礼最多的人；那样你就可以痛快吃喝，享有你的全部产业了；让她还是给别人管家去吧。”

谨慎的帖雷马科对他说道：“阿格劳，我的父亲也许在辽远的地方死掉了，也许还在流荡；我以宙斯和我父亲的苦难向你声明：我母亲再嫁的事，我实在并不愿意拖延；我同她讲过，她愿意嫁给谁都随她的便，我还要送给她大量的礼物。可是我也不能强迫命令，逼着她离开这所房子呀；上天也不会同意我那样做的。”

帖雷马科这样说；帕拉雅典娜使得求婚子弟们不停地狂笑，迷惑了他们的心。他们笑得嘴都歪了，他们吃的肉上涂满鲜血，他们心里想哭，眼里充满眼泪。这时高贵的塞奥克吕曼诺在众人中说道：“你们这些倒霉的人，现在这是犯了什么病？你们的头脸和腿膝怎么都隐藏在黑暗里；到处是痛苦呻吟的声音；你们脸上流着眼泪；墙上和雕梁上溅满鲜血；前殿和院内鬼影出没，到处都是要去到幽暗的阴间的冤魂；天上不见阳光；一切看来都是笼盖在愁云惨雾之下呢。”

他这样说；可是大家都对他狂笑；波吕伯之子尤吕马科

对大家说道:“年轻朋友们，这个刚从外地来的客人大概是疯了；你们还是赶快把他送走，送到群众会场那里去吧；因为他觉得这里像夜里一样黑呢。”

高贵的塞奥克吕曼诺对他说道:“尤吕马科，我用不着你派人送我走。我有眼睛、耳朵和两条腿，胸膛里有心，什么也不缺。我会自己离开的，因为我可以看到你们就要遭殃了；你们这些狂妄的求婚人，在英雄奥德修家里做出了邪恶罪行；你们一个人也逃不掉的。”

他说着就走出了精筑的殿堂，去到培莱奥家里；培莱奥高兴地接待了他。这时求婚子弟们彼此相望，还想同客人开玩笑来激怒帖雷马科，其中有一个狂妄的年轻人说道:“帖雷马科，你这个好客的主人真是太倒霉了。你收容了这样一个臭叫化子，只知道要吃要喝，可是什么事也不会干，也没有什么技艺，只是一个大地上的累赘；你的另外一位客人又站起来给人算命了。你还是听我的劝告吧；那样对你要合算一些；我们应该把这两个外地人都扔到一只长船上，把他们送到西西里人那里去；在那里可以卖不少钱呢。”

求婚子弟们这样说；帖雷马科没有答话；他沉默着，看着他的父亲，一声不响地等着他动手对付这些无耻的人的时候。这时伊加留的女儿，聪明的潘奈洛佩把她华丽的座椅放在门口，也听见了堂上每个人的讲话。求婚子弟们嬉笑着，宰杀了许多牛羊，准备吃一顿丰盛适口的美餐；可是由于他们主动做了邪恶的事，他们要吃的这顿饭是女神和英雄奥德修给他们准备的；再没有什么宴席能比这次更难吃。

卷二十一

这时明眸女神雅典娜在伊加留的女儿，聪明的潘奈洛佩的心里放了一个主意，打算把奥德修家藏的大弓和铁斧放在求婚子弟面前，来开始这场竞赛和屠杀。潘奈洛佩走上高高楼梯，去到她的卧房，用她健壮的手拿起美丽弯曲的青铜钥匙，钥匙的柄是象牙的；然后她同侍女们一起去到最远的一间库房；在那里堆藏着她丈夫的财宝，青铜、黄金和精工制造的铁器；这里也收藏着一张弯弓和一个箭袋，箭袋里装满杀人的箭；这张弓是一位客人，仪表如永生天神的尤吕陀之子伊菲陀，送给奥德修的，那还是他们在拉刻代蒙地方会面的时候送的。

奥德修是在麦西尼，在多智的奥提洛科家里，遇到了伊菲陀的。当时奥德修正到那里讨债；那里的人们欠他这笔债，因为麦西尼人乘着长船去到伊大嘉，带走了三百头羊和牧人；奥德修那时还年轻；他父亲和长老们派他到这辽远的地区去讨债；同时伊菲陀也去到那里找遗失的马。

伊菲陀遗失了十二匹母马和耐劳的健骡；这件事使他终于丧命。当他去到宙斯的勇猛儿子，完成了巨大事业的赫拉克雷家里做客的时候，那位残暴的主人不怕天神降罪，也不顾面前招待客人的宴席，把他杀了，把他健蹄的骡马扣留下来。

在伊菲陀去找马的途中，他遇到奥德修，就送给奥德修这张弓；这张弓是过去尤吕陀王常用的；在他高大宫邸里尤吕陀临死的时候，把弓交给了他儿子。奥德修也送给伊菲陀一把利剑和一支巨矛；两人变成了好朋友，可是彼此始终没有招待过饭餐，因为这位仪表像永生天神的尤吕陀之子伊菲陀被宙斯的儿子杀死了。

英雄奥德修乘着黑色船出征时，没有把这张伊菲陀赠送的弓带去，只把它留在家里作为好友的纪念物。他只在伊大嘉本土才使用这张弓。

辉煌的潘奈洛佩来到库房，踏上橡木门槛；门槛是往日巧匠精工制造的，又平又直，装上门柱，配上华丽的大门。她迅速解开门环上的绳索，准确地插进钥匙，打开门上的锁。就像一头牛在草地上吃草的时候哞哞鸣叫，那华美的库房门，在钥匙的一击下，立刻被打开。她踩上那垫高的地板，上面放着箱子，箱里装着熏香的衣服。就在那里她伸手从架上拿下那张弓的华丽匣子。她坐在地上，大声哀哭，把弓匣放在膝上，拿出她丈夫的弓。她流够了泪也哭够了之后，就拿着弯弓和装着杀人利镞的箭袋，回到堂上那些高贵的求婚人那里。侍女们在她旁边又抬来一只箱子，里面放着许多铜铁兵仗，都是她丈夫的武器。当高贵的潘奈洛佩来到求婚子弟那里，她停在坚实的屋宇的门柱旁边，脸上垂下灿烂的面纱，两边有两个随从的忠实侍女；她就对求婚子弟们说道："高贵的求婚人，请听我讲；这家的主人已经离开很久；你们都来到这里，不停地吃着喝着；可是你们并没有什么理由这样做，只是说要娶我为妻。求婚的人们，既然现在你们都要为我竞争，你们就来吧；我把英雄奥德修的大弓放在这里；如果有人能够容容易易地用手把弓弦拉上，再射箭穿过这十二把铁斧的环，我就跟着他去，离开我结婚的这所十分美好富足的府邸；我想在魂梦中我也将记住它的。"

她这样说，然后命令那杰出的牧猪奴尤迈奥为那些求婚人把弓和黑铁斧头布置好；尤迈奥一面把弓斧接过来放下，一面流着泪；还有那牧牛奴看到主人的弓也哭起来。安提诺这时责骂他们说道：“你们两个糊涂村夫，目光短浅的倒霉东西，为什么要掉眼泪，使得夫人心情也激动起来？她失去自己亲爱的丈夫，不是心里已经够难受了吗？你们坐在那里安安静静地吃饭吧；再不然，就到外面哭去，把弓留下，让我们求婚人作一次最后决赛。据我看来，给这张雕弓拉上弓弦也不太容易；因为这里所有的人没有一个是比得上奥德修的。我见过他，也还记得他的模样，虽然当时我还是个孩子。”

他这样说；但是他心里还是希望自己能够拉上弓弦，射穿铁斧。实际上他在堂上侮辱奥德修并且煽动大家的时候，他将是第一个被高贵的奥德修亲手射死的人。这时在众人中有神圣权力的帖雷马科接着说道：“唉，阋阆之子宙斯真是把我弄糊涂了。虽然我的亲爱的母亲很通情达理，可是她现在说要离开家同别人走了，而我还在糊里糊涂地嬉笑高兴呢。好吧，求婚的人们，她现在是你们的胜利品了；现在在阿凯人的地方，即使是圣洁的蒲罗、阿戈和弥吉尼，也没有

潘奈洛佩带着奥德修的弓到求婚人那里

比她更美的妇人；在伊大嘉这里和黑色大陆上也找不到第二个；这是你们自己也清楚的，用不着我来称赞我的母亲。你们现在不要借辞推延吧，不要迟迟不去拉上弓弦；还是让我们看看究竟怎样。我自己也打算试试这张弓。如果我能拉上弓弦射穿铁斧的话，即使我的尊贵母亲离开这里跟旁人走了，我也不会难过的；因为这说明我留在这里有足够能力，可以使用我父亲的优良兵器了。”

他说着就从肩上脱下紫色套袍，一跳站起来，从肩上又取下他的利剑。首先他为那十二把斧头挖了一条长沟，挖得笔直的，把斧头竖起，四周又埋好土。大家看见都感到惊奇，因为他搞得很整齐，可是以前他并没有看见人做过。然后他走到门口站定，试拉那张弓；三次他拉动了弓，几乎要拉上弦，但是气力都不济；虽然他热望能拉上弓弦射穿铁斧。他试拉第四次时，用了大力，就要拉上弓弦，可是奥德修向他点头做了暗示，阻止他再拉，虽然他是想那样做。享有神圣权力的帖雷马科就对众人说道：“唉！看来我将来只不过是个软弱无用的人；也许我还太年轻，还不能用我的手防御任何无故挑衅的人。好吧，你们都比我有力气，你们来试试吧；让我们完成这场竞赛。”

他说着就放下弓，把它靠在光滑合缝的门边，把利箭靠在华丽的弓弭上；他又回到方才离开的座位上。这时尤培塞之子安提诺在众人中说道:“大家都来吧；从斟酒的左边开始，向右顺次进行吧。”

安提诺这样说；他们都同意了。第一个站起来的是奥依诺普之子莱奥底；这是祭祀时给大家解说吉凶征象的人，经常坐在最里面靠近美丽的掺酒碗旁边；他并不赞成求婚子弟的做法，讨厌他们的不义行为。莱奥底第一个拿起弓和利箭，走到门口站好，试了试弓，但是他拉不动；不等他拉上弓弦，他的柔软没有经过锻炼的手就没有力气了。他对大家说道:“朋友们，我拉不动；让别人把弓拿去吧。这张弓会让许多高贵的人丧命的。实际上死掉比活着遭到失败要好一些。我们为了赢得潘奈洛佩，一直聚在这里，整天等待着；现在有些人还希望能娶得奥德修的妻子潘奈洛佩，可是等他们试试这张弓，他们就会明白还是向旁的盛装的阿凯妇人求婚送聘礼要好得多；潘奈洛佩将来总会嫁给命中注定的送她聘礼最多的人的。”

他这样说，就把弓放下，还靠在光滑合缝的门上，旁边的利箭也靠在华丽的弯曲弓弭上；他又回到方才离开的座位上。安提诺责备他说道："莱奥底，你嘴里说的是什么话，真使人扫兴丧气，我听了很不耐烦。难道因为你拉不动这张弓，它就会让许多高贵的人丧命吗？这只怪你的尊贵母亲没有生出一个能够弯弓射箭的英雄后代。别的高贵求婚人一定会拉动它的。"

他这样说，又吩咐牧羊奴美阑修说道："美阑修，快快在堂上生起火，旁边放一把大椅子，上面铺上羊皮；再从里屋拿一大块油脂，让孩子们把弓烤热，涂上油脂，然后我们再试拉这张弓，完成竞赛。"

他这样说；美阑修立刻生起不灭的火，旁边放了一把椅子，上面铺上羊皮；他又从里屋拿出一大块油脂；年轻人把弓烤热了；他们又来拉弓，但是他们还是拉不动，因为他们没有多大力气。只有求婚子弟中两位领袖安提诺和高贵的尤吕马科还在坚持；他们是勇力出众的。

这时英雄奥德修的牧牛奴和牧猪奴两人一同离开殿堂；他们走后，英雄奥德修也走出去。他们出了大门，到了院外，奥德修以和缓的口吻对他们说道："养牛的和养猪的，有一个问题我不知道是问你们好呢，还是隐藏不说。我决定还是同你们说。如果上天忽然把奥德修带到这里，你们会不会帮助他？你们是站在求婚子弟那边，还是在奥德修这边？按照你们心里想的说出来吧。”

牧牛奴对他说道：“天父宙斯啊，这个愿望要能实现就太好了。我希望上天能带他到这里来；那时你将能看到我有多少本领，我怎样施展我的双手为他效劳。”然后尤迈奥也同样向所有的天神作了祈求，希望多智的奥德修能回到自己家里。

当奥德修打听清楚他们的态度之后，他对他们说道：“我就是历尽艰难的奥德修，现在又回到了自己的家里，过了二十年才回到故乡；我知道在我的家奴中只有你们两个是希望我回来的；我没有听到任何其他奴仆祈祷希望我回家。我要告诉你们两个就要实现的事；只要天神让我战胜那些高贵的求婚人，我就给你们二人娶妻，送给你们财产和每人一所靠近我家的房子，而且今后我要把你们当作帖雷马科的兄弟和伙伴看待。现在我还要给你们看一个确实标志，你们看见就会相信我的；我说的就是这个伤痕；这是过去我同奥托吕科的儿子们到帕尼索山的时候，被一只野猪用它的白牙咬伤的。”

他这样说着，就把他的破衣服拉开，露出那巨大伤痕。

那两个人看到这个，一切都明白了；他们就用手抱着足智多谋的奥德修痛哭，吻他的头和肩膀来欢迎他。奥德修也同样的吻他们的头和手。如果奥德修不去叫他们停止哭泣，他们是会哭到日落时候的。奥德修对他们说道："不要哭了，免得让从堂上出来的人看见，告诉里面的人。我们要分批进去，不要一齐走；我先进去，你们随后来。我还要给你们一个暗示：那些高贵的求婚子弟不会叫人交给我那张弓和箭袋的；好尤迈奥，当你拿着弓走过殿堂的时候，你可以把弓传到我手里；你还要叫女奴把殿堂的坚实大门锁上；如果谁听到隔壁有喧哗撞击的声音，不要跑出来，要安静地留在里屋干活。还有你，好菲洛依调，我命令你把外院的门用门栓插上，再立刻穿上绳子。"

他这样说着，就走进了宽广的殿堂，又在方才离开的椅子上坐下；英雄奥德修的两个家奴随后也进去了。这时尤吕马科正拿着弓，在火光中把弓的两面都烤热，可是他还是拉不开；这位高贵的人心里不痛快，就生着气说道："唉！我不仅为我自己感觉不高兴，也为你们大家伤心，我倒不必为了结婚发什么愁；其他阿凯姑娘还多着呢，无论是在四面是海的伊大嘉还是在其他城镇。可是我们的气力比起神勇的奥德修来真是差得太多了；我们连他的弓都拉不开；后世的人听到这件事也要耻笑我们的。”

尤培塞之子安提诺对他说道：“尤吕马科，你自己也知道实际上不是这么回事。今天是万众欢腾的一个神圣节日；这时怎么好拉弓呢？我们还是安静地放下弓吧；至于那些斧头，让它们竖在那里好了，我想不会有人到拉埃提之子奥德修的堂上来把它们拿走的。现在让斟酒的人在酒杯里斟上酒，我们放下弯弓，向神祭奠吧。明天早晨你们吩咐牧羊奴美阑修把羊赶来，要挑选羊群里最好的羊；我们要向著名的弓箭神阿波龙献上股肉，然后再试拉这张弓，结束这场竞赛。”

安提诺这样说，他们都赞成他的话。使者们在他们手上倒了水，侍童把酒碗盛满了酒，再分给大家，先在酒杯里斟上祭神的酒；他们奠过酒，就开怀畅饮。这时足智多谋的奥德修故意在众人中说道：“你们这些向尊贵的王后求婚的人，请听我想说的话。首先我想向尤吕马科和高贵的安提诺提出一个请求。他的建议很好；今天停止拉弓竞赛，把这件事交给天神决定；到了明天早晨天神会让他宠爱的人获胜的。可是请你们给我那张雕弓，让我在众人中也试试我的技艺和气力好不好？我过去身体还结实，现在不知气力怎样，也许由于长期游荡缺乏营养，我的气力都丢光了。”

他这样说，可是他们大家都很不愿意，恐怕他能够拉开雕弓。安提诺责骂他说道：“你这个倒霉的外乡人；你简直没有脑筋；在我们高贵的队伍里，你可以自由自在地吃饭，什么也不缺，还可以听我们谈论；难道你还不知足吗？别的外乡人和乞丐还没有这样机会呢。看来蜜甜的酒浆把你弄糊涂了；大量喝酒，没有节制，是会伤人的。当著名马人族的尤吕提翁到拉辟塞人那里去的时候，在英雄培里陀的宫中，酒曾经使他失去理智；他喝酒过量胡闹起来，在培里陀的家里做出丑事；当时英雄们很气愤，大家起来把他拖到门外，用无情的青铜剑割去他的耳鼻；他由于愚蠢行为被捉弄得糊里糊涂，忍着痛苦跑掉；这件事后来造成马人族和英雄们的争斗，但是尤吕提翁由于酒醉首先遭了殃。我警告你，如果你要拉弓，你也会遭到同样的严重灾祸的；我们阿凯人不会同情你；我们要立刻把你用黑色船送到杀人魔王埃凯陀那里去，你将难逃性命。所以你还是安静喝酒吧，不要同比你年轻的人竞争。”

这时聪明的潘奈洛佩对他说道：“安提诺，欺负帖雷马科请来的客人是无礼不义的行为。即使这位外乡人凭着他的武力拉动了奥德修的大弓，难道你认为他就要把我带回家去作他的妻子吗？他自己也不会作这个打算的。你们任何人都不必为这件事使得酒宴不欢；那是很不对的。”

波吕伯之子尤吕马科对她说道：“伊加留的女儿，聪明的潘奈洛佩，我们并不是怕他把你娶走，那样想是不对的。不过我们怕别的男人女人会议论，也许将来一个低贱的阿凯人会说：‘现在向那高贵的奥德修的妻子求婚的人都是无用之辈，连他的雕弓都拉不开，而一个游荡的乞丐却轻而易举地拉开了弓，射穿了铁斧。’他们会这么说的；我们就要被人耻笑了。”

聪明的潘奈洛佩对他说道：“尤吕马科，在我们这里，要是有人不尊敬一位高贵的人的财产而且要霸占它，那些人就不会有好名声。至于这件事怎么会成为你们的耻辱呢？这位外乡人身体魁伟健壮，而且他说他也出身高贵，所以还是交给他雕弓，让我们看看他的本领吧。我还要答应一件事，一定做到；如果他拉得动弓，阿波龙赐给他光荣，我就送给他一件美好的衬衫和外套，一支利矛来防御人和狗的攻击，还送他一把双锋的剑；一双脚上穿的鞋子，还答应送他到他想去的地方。”

谨慎的帖雷马科对她说道：“我的妈妈，关于这张弓应该给谁或者不应该给谁，这件事我在阿凯人中最有权决定，包括所有统治崎岖的伊大嘉的王公和靠近牧马为业的埃利一带的岛上居民在内；我要是自愿把这张弓交给这位客人带走，谁也不能反对或阻拦我。你还是回到你的房间去做你的事，管你的纺车和纺锤，叫你的侍女们好好干活吧；这张弓是我们男人的事；首先是我的事，因为我是一家之主。”

潘奈洛佩听了很吃惊；她就回到自己屋里去，因为她应该听从她儿子的有道理的话。她同她的侍女一同走上楼梯，继续为她的亲爱丈夫奥德修哭泣，一直到明眸女神雅典娜在她眼睫上放下酣梦的时候。

这时候英勇的牧猪奴正拿起那弯弓想要带走，可是全体求婚人都在堂上喊起来，其中有一个狂妄的年轻人这样说道：“你这个倒霉的牧猪奴，你要把弯弓拿到哪里去？你跑来跑去干什么？如果阿波龙和其他永生天神允许我们的话，我们就要让你养的看守猪群的狗吃掉你；谁也不会拦住它们的。”

他们这样说；牧猪奴看见他们在堂上喊叫，有些害怕，就又在原地把弓放下。可是帖雷马科在一边用恫吓的口吻说道:“阿爹,你把弓拿起来,只管往前走;你不能什么人的话都听。你要是不这样做,我虽然年轻,还可以把你赶到田里,拿石头砸你;我的力气总比你大;我真希望我的力气大大超过这屋里的求婚人;要是那样,我就会把一切作恶的人都赶走,让他们吃些苦头。”

他这样说;可是全体求婚人都开心大笑起来,对帖雷马科的话并不十分介意。牧猪奴拿着弓走过殿堂,走到足智多谋的奥德修面前,把弓交给他;他又吩咐保姆尤吕克累说道:“聪明的尤吕克累,帖雷马科命令你去锁好殿堂的结实大门;要是哪个人听到隔壁有人呼喊和兵器撞击的声音,不要跑出来,要安静地留在里面干活。”

他这样说;她不敢多问,就去锁好那宽广殿堂的大门。菲洛依调也一声不响地走了出去;把外院的门严密拴上;前廊有一根弯船上用的棕绳;他用那根绳子把门栓绑好,然后又进去,在方才离开的座位上坐下,眼望着奥德修。

这时奥德修正拿着弓,翻来覆去地检查,试试各个部分,生怕在它主人离开期间,牛角被虫蛀坏;这时就有人望着旁边的人说道:“他倒真是个鉴赏家,好像对弓很内行呢;

也许他自己家里有过同样的一张弓，再不然他就是打算制作一张弓；你看这个不干好事的流氓，把弓拿在手里还翻来覆去地看呢。”这些狂妄的年轻人里又有人说道：“就像他这种人还想拉弓？我们看他得到什么下场吧。”

求婚子弟们就这样议论；这时足智多谋的奥德修拿起大弓，检查过各个部分之后，就像一个擅长弹琴唱歌的人容容易易地在一个新的琴柱上安上琴弦，在两头把绞起的羊筋拉紧，奥德修正是这样毫不费力地给大弓拉上弓弦。他把弓拿在右手里，试了试弓弦；弓弦在他手下发出美好的鸣声，就像燕子的声音一样清脆。求婚子弟们看了十分沮丧，脸上变了颜色。这时宙斯又响了大雷作为征兆；久经考验的英雄奥德修听了高兴，因为巧计多端的阋阓之子给了他一个吉兆。他在身边拿起一支放在几上的利箭；其他的箭还在中空的箭袋里，但是阿凯人不久就要尝到它们的滋味了。他坐在原来的椅子上，把箭拿起，搭在弓背上，拉开弓弦和箭搭，把箭准确射出；那铜镞的箭一直穿过去，连最后一个铁斧的柄环也没有错过。他然后对帖雷马科说道：“帖雷马科，坐在你堂上的这个客人没有给你耻辱；我没有费多大事就拉上了弓弦，也没有错过目标。看来我还有些力气，不像那些求婚人讥笑我的那样没用。现在天还没有黑；我们该给阿凯人准备晚饭了；然后在酒宴时，我们还要弹琴唱歌，弄些其他娱乐。”

他说了就点头示意，这时英雄奥德修的儿子帖雷马科就挂上利剑，手里抓起长矛，配备好明亮的青铜兵仗，在奥德修的椅旁站定。

卷二十二

这时足智多谋的奥德修把他的破烂衣服脱掉，一窜就跳到巨大门槛上，手拿着弓和装满箭的箭袋，把利箭倾倒在他自己脚前；然后他向着求婚子弟们说道："我们已经完成了一项比赛；现在我要看看能不能射中另一个还没有人试过的目标；希望阿波龙赐给我光荣。"

他说完就向安提诺射出致人死命的箭。这时安提诺正用双手举起一个黄金的有双耳的华丽酒杯喝酒，心里并没有想到死亡；在大家宴饮时候，又有谁会想到在众人中间会有一位勇猛的人给他带来凶死和黑暗的归宿呢？可是奥德修一箭正中他的咽喉，箭头从他柔软的脖子直穿过去。安提诺中箭倒向一边，杯子从手里落下，他鼻子里流出浓浓的鲜血，两脚一踢，把餐几踢翻，饭食都落到地上，麦饼和烤肉都沾污了。在堂上的求婚子弟看到他倒下，都喧哗起来；他们从座位上跳起，在堂上乱跑，在坚实的墙上到处寻找兵器，但是找不到盾牌或长矛可以使用；他们怒责奥德修说道："外地人，射人是危险的；你不能再参加什么比赛；你就要遭到凶死；你杀的年轻人是伊大嘉最高贵的一个；老鹰就要把你吃掉。"

他们都这样说，因为他们还以为他不是故意伤人；这些糊涂人还不明白他们全体已经注定要灭亡。足智多谋的奥德修怒视着他们说道："你们这些狗东西，你们认为我不会从特罗回到家乡，就浪费我的财产，强迫我的女仆同你们私通，我还活着，而你们已经向我妻子求婚，不怕主掌广天的众神降罪，也不怕后世的谴责；现在你们全体已经自投罗网，注定要死亡了。"

他这样说；苍白的恐惧抓住他们全体人，都在设法逃避凶死，只有尤吕马科一个人敢回答说道："如果你真是伊大嘉的奥德修转回家来，你对阿凯子弟们行为的谴责是合理的；我们在你家里犯了不少罪行，在庄田上也做了许多坏事；但是应该对一切罪行负责的人是安提诺，而他已经死了；他鼓动大家做出这些事，并不是因为他那样急迫要求结婚，而是别有用心，希望成为这礼义之邦的君主；阋阆之子并没有让他达到目的。他设下埋伏要害死你的儿子，可是他自己被杀了；这是罪有应得。你应该饶恕你的臣属；我们以后要从自己的领地拿出赔偿；我们将按照在你家里吃喝多少，每人赔你二十头牛，还有青铜和黄金，一直到你满意为止；在我们偿还你之前，你如果对我们生气，我们也不能怪你。"

足智多谋的奥德修怒视着他说道："尤吕马科，就是你把你现在所有的全部家产都赔给我，再加上别的东西，我也不能罢手。我要杀掉全部求婚人，让你们为你们的无礼行为作出充分赔偿。现在你们只有两条路：或者是面对面地战斗，或者是逃跑，如果哪一个能逃脱死亡的命运的话；可是我看总有些人是逃不掉凶死的。"

他这样说；他们心里战栗，两腿发软；尤吕马科第二次向大家说道："朋友们，看起来，这个无敌的人是不会罢手的了；他要拿着雕弓箭袋，从光滑的门槛上射我们，一直到把我们全部歼灭为止。我们还是准备战斗吧；我们大家要拔出剑来，拿起餐几来防御快速而致人死命的箭，一起去攻击他，也许能把他从门槛和大门那里赶开；我们要是能跑到城里，立刻发出警报，这个人就不能再射箭了。”

他说着，就拔出他的青铜双锋利剑，猛吼一声，向奥德修扑过去；同时英雄奥德修射出了箭，射到他胸上乳旁；利箭穿进了他的肝脏；他的剑从手里落到地上；他弯着腰，在餐几上扭动着倒下；饭食和双耳酒杯落到地上；他疼得用头撞地，两腿一踢，踢翻了椅子；他的眼睛变得暗淡无光。

安菲诺谟拔出他的利剑，也向着高贵的奥德修一直冲过去，希望能把他从门口赶开；可是帖雷马科乘他不提防在后面用铜尖的矛刺中他两肩中间，一直穿过前胸；他扑通一声倒下来，头正撞到地上。帖雷马科向后跳了一步，把长矛留在安菲诺谟身上，因为他怕在拔矛的时候，哪个阿凯人会冲过来用剑刺他，或者乘他弯腰的时候前来攻击。他立刻跑开，到他父亲那里，站在他旁边急促说道：“父亲，我要给你拿来一个盾牌、两根矛和护头的铜盔，我自己也要穿戴起来，还要给牧猪奴和牧牛奴一些武器；有了装备要妥当一些。”

足智多谋的奥德修回答道：“那就快去拿来吧，现在我还可以用箭保卫自己；不要让我孤立无援，被他们从门口赶开。”

他这样说；帖雷马科听从他父亲的话，去到存放辉煌兵器的库房，拿出四个盾牌，八根矛和四个有马鬃的铜盔；他拿着武器立刻回到他父亲那里；他自己首先穿上青铜甲胄，两个家奴也同样用良好兵器装备起来，站在足智多谋的奥德修两边。只要奥德修还有箭可以防御自己，他一箭总要射中堂上的一个求婚人；他们就一个接一个地倒下来；等到他箭用完了；他把弓靠在坚实殿堂的门柱上，靠着灿烂的影壁；然后把四重厚的盾牌挂在肩上，在自己壮健的头上戴好有马鬃的精美战盔，长长的马鬃在上面摇动，令人生畏；他又拿起两根有铜尖的长矛。在坚实的墙上有一个后门，那条通向暗道的路与大堂的门槛一般高，有严密的门关住。奥德修吩咐勇敢的牧猪奴站守在那门口，因为只有那条出路。这时阿格劳对全体求婚人说道："朋友们，如果有人能从后门出去，立刻发出警报，告诉人们，那样这个家伙就不能再射箭了。"

牧羊奴美阑修对他说道："神裔阿格劳，那是做不到的；那个通到外院的美好后门离他们太近，而且从暗道出去也很困难；只要有一个勇敢的人在那里，就可以拦住任何数目的人。可是我可以给你们从库房里运出兵器，把你们装备起来；我想兵器一定存放在里面；奥德修和他的高贵儿子不会

奥德修射杀求婚人

把兵器放在别处的。”

牧羊奴美阑修说着，就走上大堂的台阶，到了奥德修的库房；他从库房里拿出十二个盾牌，同样数目的长矛和插着马鬃的铜盔；立刻回来把它们交给求婚人。奥德修看到他们穿戴上甲胄，手里拿起长矛，他心里害怕，两腿发软，感到战斗很艰巨；他立刻对帖雷马科急促说道：“帖雷马科，看来，家里某一个女奴给我们安排了一场恶战；再不然这就是美阑修干的好事。”

谨慎的帖雷马科对他说道：“父亲，这不怪旁人，是我的过错；我留下那紧密的库房门没有关好；他们的探子很高明哩。好尤迈奥，你去把库房的门锁上，看看这件事是哪一个女奴干的，还是多利奥之子美阑修的主意；我怀疑就是美阑修。”

当他们正这样交谈的时候，牧羊奴美阑修又一次去到库房，搬运美好的兵器。勇敢的牧猪奴看见了他，立刻对旁边的奥德修说道：“神裔拉埃提之子，足智多谋的奥德修，我们怀疑的那个坏家伙就在那边，正要到库房去哩；你明白告诉我，要是我能打败那个家伙，我是把他杀掉呢，还是把他带到你这里，再惩罚他在你家里所做的许多不义行为？”

足智多谋的奥德修回答道:“即使在堂上的高贵求婚人拼命顽抗，我和帖雷马科也可以应付。你们两个去把美阑修的手脚抓住，把他扔到库房里，再在他背上绑上门板，用绞紧的绳子把他绑起，拉到高柱上面，一直到房梁，让他长久活着受罪去吧。”

他这样说;他们按照他的吩咐行事;他们到了库房，没有让里面的美阑修看见;这时美阑修正在库房深处寻找兵器;他们就站在门柱两旁等着他。当牧羊奴美阑修跨过门槛的时候，他一只手拿着一个美好的战盔，另一只手拿着一个古老的巨盾;盾上有斑驳锈痕，是英雄拉埃提之子在年轻时候所使用的，现在被丢在这里，上面带子的接缝已经绽裂了。这时两人就窜过去把他抓住，拉住他的头发，把这个吓呆了的人摔到地上;他们用绳子把他的手脚紧紧绑起，把他的手脚都绑在背后，就像历经艰辛的英雄拉埃提之子奥德修所吩咐的那样。他们又用绞紧的索子把他吊起，拉上高柱，一直悬到屋梁。这时牧猪奴尤迈奥就对他开玩笑说道:“美阑修，你现在要躺在柔软的床上守个通宵了;这是对你很适合的。这样当金座的曙光从瀛海的流水中升起，当你经常给求婚人赶来羊群又在堂下给他们忙着做饭的时候，你就不会晚到了。”

这样美阑修就被留下，痛苦地被绑紧了吊起来。那两人穿上甲胄，锁好华彩的库门，又回到足智多谋的奥德修那里。他们两方面还在对峙着，沉着气等待对方；在门口，是他们四个人；在堂上，求婚子弟人数很多，也很勇猛。这时宙斯的女儿雅典娜来到他们身边，模样和声音都同曼陀一样。奥德修看见她来很高兴，对她说道：“曼陀，你来帮我们抵挡他们的攻击吧；要记住我是你的好伙伴，对你有过好处，我们也是同年的人。”

他这样说，但是他也猜想这大概是冲锋破阵的女神雅典娜。另一方在堂上的求婚子弟也向她呼唤；达马斯陀之子阿格劳第一个责备曼陀道：“曼陀，不要上奥德修的当；他想骗你帮他忙，同我们打仗哩。我看我们的意图是会实现的；等到我们把他们几个，包括父亲和儿子，都杀掉，如果你在堂上为他们效力，你也要一起被杀，自己也要送命的；而且在我们用青铜兵器把你们消灭之后，我们还要把你家里和外面的财产同奥德修的一齐没收，不许你的子女留在你家里，也不让你的尊贵夫人在伊大嘉城里生活。”

他这样说；雅典娜心里很气愤，就用激动的口吻埋怨奥德修说道："奥德修，看来你的勇力不如当年了；从前为了素臂的王后赫连妮，你同特罗人奋战了九年，在苦战中杀了不少敌人，最后由于你的计谋才拿下普里安王的广衢都城。现在你回到自己的家园，怎么面对求婚子弟你反而缺乏勇力，唉声叹气呢？老朋友，你来站在我旁边，看我怎么打他们吧；我要让你看看阿尔基谟之子曼陀在敌人面前怎样报答你的恩情。"

她这样说，可是并没有给他取得完全胜利的优势，还想试一试奥德修和他的高贵的儿子的勇气。她又变成一只燕子，飞到大堂被烟熏黑的梁上蹲着。这时达马斯陀之子阿格劳，尤吕洛谟，安菲弥东，狄摩普托勒谟，波吕克陀之子培桑德和聪明的波吕伯等人正在鼓动求婚子弟进攻；这几个人在现在还活着为自己性命战斗的人当中是勇力超群的；另一些人这时已经被弓和利箭射死了。阿格劳在众人中对全体求婚子弟说道："朋友们，现在这个无敌勇士就要完蛋了；看来，曼陀空吹了一阵又跑开了，只有他们留在门口。你们不要都扔出长矛，让我们六个人先进攻；希望宙斯让我们打中奥德修，赢得光荣；只要他倒下来，别的人就没有什么可怕了。"

他这样说；他们按照他的命令扔出投枪，希望能够打中，但是雅典娜让一切都落了空；一根矛打到精筑的殿宇的门柱上，另一根矛打到紧密合缝的大门上，另一根铜尖的槐木矛投到墙上。奥德修他们躲过求婚人的投枪之后，历尽艰险的英雄奥德修对他们说道："朋友们，我现在命令大家一起向他们那一群扔出投枪；他们嫌过去干的恶事还不够，还想要杀掉我们哩。"

他这样说；他们一起准确地投出利矛；奥德修杀死狄摩普托勒谟，帖雷马科杀死尤吕阿底，牧猪奴杀死埃拉陀，牧牛奴杀死培桑德；这些人同时在宽广的地板上用牙啃了地。求婚子弟们退到殿堂深处；奥德修他们跳过去，从尸体上拔出投枪；这时求婚子弟又向他们投出利矛，想打中他们，但是雅典娜又让这许多投枪落了空；一根矛打到精筑的殿宇的门柱上，另一根矛打到紧密合缝的大门上，另一根铜尖的槐木矛投到墙上。只有安菲弥东碰伤帖雷马科的手腕，不过是轻伤，青铜擦掉了一些外皮；还有克提西伯的健矛从尤迈奥盾牌上穿过，擦到他肩膀，但是矛飞过去了，落到地上。足智多谋的奥德修和他旁边的人又一次向聚集在一起的求婚子弟投出利矛；攻城夺寨的奥德修打中尤吕达马，帖雷马科打中安菲弥东，牧猪奴打中波吕伯，牧牛奴一矛刺透克提西伯的胸膛；牧牛奴扬扬得意地说道：“波吕塞西之子，你这个喜欢讥讽旁人的家伙，再也不能任意胡为、夸下海口了吧。天神要比你强得多，事情是由他们决定的。当神勇的奥德修在堂上求乞的时候，你曾经向他扔过一条牛腿，作为待客的礼物，现在你也受到报应了。”

那饲养光泽牛群的牧奴这样说；奥德修这时用长矛又刺杀了面前的达马斯陀之子；帖雷马科也用矛刺杀了尤依诺之子莱欧克利陀；青铜矛刺到腰上，一直穿过身体；莱欧克利陀向前栽倒，脸碰到地上。这时雅典娜举起致人死命的神盾，高高悬在屋顶上；求婚子弟们心里充满恐惧，在堂上乱窜，有如一群牛犊在白昼最长的春季被营营的牛虻追刺驱赶；又如从山中飞出弯爪尖喙的鸷鸟，向一些在云层之下靠近平原地面飞翔的小鸟袭击，冲过去杀害它们，小鸟无力抵御，也无法逃走，人们欣赏观看这一场猎杀；正是这样，奥德修他们向着求婚子弟冲击，在堂上处处攻杀他们；求婚子弟头被打烂，悲惨呼号，地上流满鲜血。

莱奥底跑过去，抱着奥德修的膝盖，恳切地求他说道：“奥德修，我求求你，可怜我吧，请你开恩吧；我可以说我对你家里任何女人都没有说过非礼的话，没有做过非礼的事；而且当其他求婚人做这种事的时候，我总是阻止他们的；可是他们不听我劝告，不肯停止作恶；由于他们的罪行，他们得到了悲惨的结局；我是他们当中主持祭礼的人，我并没做过坏事；要是我也被杀死，那就是做好事没有好报了。”

足智多谋的奥德修怒视着他说道：“你自称是他们当中主持祭礼的人，那你一定在堂上作过多次祷告，希望我不能得到好结果，希望我不能还乡，希望我妻子能嫁给你，给你生子；这样你也不能逃掉惨死。”

他说着，就用他健壮的手从旁边抓起一把剑，那把剑是阿格劳被杀死时丢到地上的；奥德修就用这把剑向莱奥底头颈当中砍下去；莱奥底还说着话的时候，人头已经落到尘埃。

乐师特尔辟之子菲弥奥，过去曾被迫在求婚子弟当中歌唱，现在也在躲避黑暗的死运；他手里拿着清音的鸣琴，站在后门旁边，心里打不定主意，是溜到外面院子里，坐到伟大的宙斯的坚实的祭坛上，在那里拉埃提和奥德修曾焚献过许多牛股，还是跑过来，抱着奥德修的膝盖恳求他。他考虑结果认为还是抱着拉埃提之子奥德修的膝盖恳求他要妥当一些。他把中空的鸣琴放在地上，在酒盅和银镶的座椅之间，然后跑过去，抱住奥德修的膝盖，恳切地求他说道：“奥德修，我求求你，可怜我吧，请你开恩吧；要是你把歌颂天神和凡人的乐师杀掉，你将来要倒霉的。我是无师自通的乐人，上天灌注到我心里各样诗歌，我对你歌颂正如对天神歌颂一样；因此请不要切断我的喉管吧。还有你的儿子帖雷马科也可以向你证明；我自己并没有什么企图，并不是自愿到你家来为宴席上的求婚子弟唱歌的，是他们人多势众强迫把我带来的。”

他这样说；有神圣权力的帖雷马科听见他说话，赶快对他旁边的父亲说道：“住手吧，请不要用铜剑伤害这个无罪的人，同时让我们把使者弥东也一并饶了吧；我小时候，他是一直在家里照料我的；除非是菲洛依调或牧猪奴已经把他杀了，或者是当你在堂上乱杀的时候，已经碰到了他。”

他这样说；这时聪明的弥东正弯着腰躲在椅子后面，还给自己盖上一张新剥的牛皮，想逃避黑暗的死运；他听见这话，立刻从椅子后面站起来，赶快脱掉牛皮；他跑到帖雷马科那里，抱着他的膝盖，恳切地求他说道：“亲爱的，我在这里呢。请停手吧；请你也对你父亲讲讲，不要一时兴起把我也用锐利的铜剑杀死吧；当然他很恼恨求婚子弟，因为他们浪费他的家财，毫无顾忌，对你也不尊重。”

足智多谋的奥德修笑着对他说道：“放心吧，他保护了你；你的命得救了；你明白了这个道理之后，要对别人讲讲；一个人做善事比做恶事是要合算得多的。你可以同那位通晓许多歌曲的乐师出去坐在院子里，离开这场屠杀，让我在这里把该做的事做完。”

他这样说；那两人就走到堂外，坐在伟大的宙斯的祭坛旁边，东张西望，还害怕被人杀死。奥德修这时也在堂上张望，看看还有没有什么活着的人躲藏起来，逃避了黑暗的死运；可是他发现全体求婚人都已经倒在尘埃和血污里。就像捕鱼的人用多孔的鱼网打鱼，从灰蓝的海中把鱼捞到弯弯海岸上，在沙滩上堆在一起；它们渴望着海水，被太阳的光芒剥夺了生命；那一大群求婚子弟的尸首也正是这样堆在一起。足智多谋的奥德修就对帖雷马科说道：“帖雷马科，你去给我把尤吕克累叫来；我要对她讲讲我的想法。”

他这样说；帖雷马科照他父亲的话行事；他推着门对保姆尤吕克累说道：“到这儿来，老太婆，我们家里女奴的总管，我父亲叫你来，有话要对你讲呢。”

他这样说；她不敢多问，就打开大堂的门走进来，帖雷马科在前面给她领路。她看到奥德修站在死尸堆中，浑身是血；就像一只狮子，才吃了圈里的牛，胸前和脸上都涂满血污，形状非常可怕；正是这样，奥德修的手脚上都溅满鲜血。保姆看到这些死尸和大片血污，知道大功告成，立刻想要欢呼；但是奥德修把她的热情压下去，阻止了她，严肃地向她说道："老太婆，你心里可以高兴，但是要控制自己，不要欢呼；在被杀死的人前面夸口是亵渎的行为。这些人被杀是命中注定，也是由于他们的罪行；因为他们从来不尊敬任何世人，不管来到他们这里的人是好人还是坏人；由于他们的狂妄，他们得到了悲惨的结局。现在我要你告诉我家里有哪些女奴不尊敬我，有哪些是清白的。"

保姆尤吕克累对他说道："孩子，那样我就把实际情形告诉你。家里的女奴一共是五十个人；我们教她们做手工，梳理羊毛，遵守奴隶本分；其中有十二个违背了礼法，作出了无耻行为；她们不尊敬我，也不尊敬潘奈洛佩；帖雷马科才长大成人；他的母亲还不许他亲自指挥这些女奴哩。现在让我先上楼到华丽的卧房里去告诉你的妻子吧；天神使她现在沉入梦乡了。"

足智多谋的奥德修回答道："你不必去叫醒她；先把那

些过去做过非礼的事的女奴叫来。”

他这样说；老太婆穿过殿堂去通知女奴们，叫她们就来。奥德修叫来了帖雷马科以及牧牛奴和牧猪奴，对他们严肃地说道：“你们现在开始把这些尸体搬开，也命令女奴们这样做；然后用水和多孔的海绵把美丽的椅子和餐儿都擦洗干净。等到你们把屋里的一切都搞好了，你们就把那些女奴带到精筑的殿堂外面，到亭子和高高院墙之间，用长剑砍杀她们，叫她们全部丧命；那样她们就不能再去想怎样顺从求婚人，同他们私通的一切欢情了。”

他这样说；那些女奴们成群来到这里，哭哭啼啼的，流了许多眼泪；她们先把那些尸体抬出去，放在有围墙的院子的前廊里，一个靠着一个地排起。奥德修逼迫她们赶快抬出尸体，然后她们就用水和多孔的海绵把美丽的椅子和餐儿都擦洗干净；帖雷马科和牧牛奴、牧猪奴一起拿锹刮干净精筑的殿堂的地板；女奴们又把木屑扫到外面。他们把整个房间打扫好了，就把那些女奴们带到精筑的殿堂之外，把她们关在亭子和高高院墙中间一块窄小的地方，使她们无法逃走。谨慎的帖雷马科就对他们说道：“我们杀这些女奴可不能让她们痛痛快快地死掉；她们侮辱了我本人和我母亲，而且还同求婚子弟们私通。”

他这样说；他把一根黑色船上的绳索绑在大柱子上，把绳子另一头扔过亭子，把女奴们高高挂起，让她们的脚碰不到地。就像修翎的画眉或鸽子在寻找地方栖宿的时候，陷入深藏在榛莽里的网罗，落到苦痛的卧床上；正是这样女奴们排成一行仰着头，让绳扣拴到每人颈上，遭到惨死；她们用腿挣扎了一会儿，时间没有多长就断气了。

他们又把美阑修带出来，经过门廊和外院；他们用无情的铜剑砍下他的鼻子和耳朵，又拔掉他的阴茎，给狗当生肉吃；在愤怒中，他们又把他手足都砍断。

他们完成了工作，把手脚洗干净，回到屋里奥德修旁边。奥德修又对保姆尤吕克累说道："老太婆，拿些硫磺来消除这些秽气，再生个火，把屋子熏一熏。然后你去叫潘奈洛佩同侍女们到这里来，也把家里所有的女奴都叫来。”

保姆尤吕克累对他说道："对的，我的孩子，你的话都很对；可是还是让我先给你拿一件外套和衬衫来吧；你不能这样站在堂上，宽广的肩上仍旧披着破烂衣服；别人会责备我们的。”

足智多谋的奥德修回答道："你现在还是先给我在堂上

把火生起来吧。”

他这样说；保姆尤吕克累不敢多说，就拿来火种和硫磺；奥德修彻底熏了殿堂、房屋和院子。老太婆回到美好的里屋去叫女奴们来；她们手里拿着火把从里面出来，围着奥德修，拥抱着他，抱着他的头亲吻，又吻他的肩和手来欢迎他；他感到一种甜蜜的感情，想要放声大哭；他认得出每一个人。

卷二十三

那个老太婆大声笑着走上楼梯，去告诉女主人她的亲爱的丈夫已经回家；她很快地迈开脚步，两只脚通通地跑着。她来到潘奈洛佩的枕边，向她说道："潘奈洛佩，亲爱的孩子，醒醒吧。你可以亲眼看到你天天盼望的人。奥德修回来了，已经到了家，虽然来得很晚。他也把那些破坏他家庭、消耗他财产、欺负他儿子的傲慢的求婚人全给杀了。"

聪明的潘奈洛佩对她说道："亲爱的妈妈，天神让你发疯了；他们能把很聪明的人变得糊涂，把笨人变得机灵；现在他们把你也弄糊涂了，虽然你以前是很懂事的。我心里很难受，你为什么要同我开玩笑，说这些无稽之谈？睡梦才抓住我，把我眼睛合上，你为什么把我从甜蜜的梦中唤醒？自从奥德修离开我到那可恨的伊利昂去远征，那个名字我简直不愿提起，自从那时起我从未睡得这么熟。你走开吧，下楼回到你的房间去吧。要是另一个属我管的女奴把我叫醒，告诉我这些话，我就早对她不客气，把她赶走，叫她回到自己的房间去了；你的年纪使你占了便宜。”

保姆尤吕克累对她说道：“亲爱的孩子，我并不是开玩笑；奥德修是真的回来了，到了家了，像我所说的那样。他就是那个在堂上受大家欺负的外乡人。帖雷马科早就知道他回家的事，只是他很谨慎，隐瞒了他父亲的意图，为了要对那些狂妄的求婚人的暴行进行报复。”

她这样说；潘奈洛佩高兴得从床上跳起来；她抱着老太婆，眼中流泪，激动地对她说道：“亲爱的妈妈，如果你说的是真话，如果他确实回来了，像你所说那样，他赤手空拳怎么能对付那些无耻的求婚人？他们总是集成一伙到这里来的。”

保姆尤吕克累对她说道：“我没有看见，我也没有问，可是我听见那些被杀的人的喊声；我们都躲在精筑的宫宅里面，吓得不敢动，紧密的房门把我们关在里面，一直等到你儿子帖雷马科从堂上把我叫去；是他父亲派他去叫我的。那时我才看到奥德修站在横陈的尸首中间；在坚实的地板上到处都是死人，一个靠一个躺着，你要是看到也会高兴的；他身上溅满血污，就像一只狮子一样。现在尸首已经都堆在院子门口；他正用硫磺熏那美好的殿堂，生起一个大火；他派我来叫你去哩。快来吧，你受够了苦，现在两个人可以欢聚了。你的宿愿已经实现，他活着回到了自己的家灶，而且看到你和孩子都在家里。对那些在家里作恶的求婚人他也彻底作出了报复。”

聪明的潘奈洛佩又对她说道：“亲爱的妈妈，你不要夸口大笑吧。你知道家里所有的人是多么高兴看见他，尤其是我和他的亲生儿子；可是你说的不可能是真的；一定是什么永生天神，看到他们的恶劣行为和不可容忍的狂妄态度而愤怒起来，把那些傲慢的求婚人杀了；这是因为那些求婚人不尊重任何世人，任何来客，无论贵贱；由于他们的罪过，他们遇到了灾祸；可是奥德修在远方，也不可能回到阿凯来，他也早就死掉了。”

保姆尤吕克累回答道：“我的孩子，你嘴里说的什么话？你的丈夫现在就在你家灶旁边，你怎么能说他回不了家？你的疑心太大了。现在我要再告诉你一个标志，就是过去野猪用白牙咬伤他留下的伤痕；我给他洗脚时就看到了，我当时就想告诉你，可是他用手挡住我的嘴；他顾虑很多，不许我说出来。快点来吧；我可以用我的性命赌咒；要是我欺骗了你，你可以用最残酷的方式把我杀死。”

聪明的潘奈洛佩回答道：“亲爱的妈妈，即使你是个很聪明的人，你也很难看透永生天神的计策。可是不管怎样，我们就到我孩子那里去吧；我要看看那些被杀死的求婚人和杀死他们的人。”

她说着，就从楼上走下来；她心里一直在考虑，是同她丈夫疏远一些，先盘问他呢，还是就跑过去抱着他的头，抓住他的手亲吻。她跨过石筑门槛，进了房门，就在火光中，在另一角落，面对着奥德修坐下来。奥德修低着头坐在大柱旁边，等待他的高贵妻子亲眼看见他的时候，同他讲话。她坐了好久不说话，心里还是疑惑不决；有时眼睛凝视着奥德修，有时又仿佛不认识这个穿着破烂衣服的人。帖雷马科就责备她说道：“我的母亲，这真奇怪；你的心肠太冷了。你为什么离开父亲这么远？为什么不坐在他身边问他话？任何女人也不能像你这样忍心，疏远自己的丈夫；他是受了很多苦，过了二十年才回到故乡的，可是你的心肠一向是比石头还硬。”

聪明的潘奈洛佩对他说道："我的孩子，我的心里还在迟疑；我不能说什么话，也提不出问题，也不敢正面看他。不过如果他真是奥德修回家来了，我们总会认出来的，而且我们有更好的办法；我们有些只有我们两人知道的暗号，那是别人所不知道的。"

她这样说；久经考验的英雄奥德修微笑着，立刻对帖雷马科认真地说道："帖雷马科，你让你母亲在堂上考验我吧；她不久就会弄明白，会更加放心的。现在我很肮脏，身上衣服破烂，所以她看不起我，认为我不是奥德修。另外有一件事情我们现在要先考虑一下，怎样处理最妥当：不管是谁在一个地方杀了人，即使被杀的人没有很多伙伴，他也要离开故乡亲友逃亡出走。现在我们杀死的又都是伊大嘉最高贵的年轻人，是我们城邦的栋梁；这件事我要你好好考虑一下。"

谨慎的帖雷马科回答道："亲爱的父亲，这件事你自己考虑吧；人都说你的计策比任何人都高明，谁也比不过你。我们都全心全意跟随你；只要是我们力量做得到的事，我们不会缺乏勇气的。"

足智多谋的奥德修回答道："那样我就告诉你我认为是最好的办法。首先你要洗个澡，换换衣服，再叫家里的女奴把她们的衣服拿来，让天才乐师弹奏清亮的琴，带领我们举行欢乐的歌舞；那样过路人和左邻右舍在外面听到了，都会以为是举行婚礼；求婚人被杀的消息就不会在城里传开；我们可以去到林木阴森的庄园，然后再考虑上天能给我们什么好主意。”

他这样说；他们就遵命照办。他们先洗了澡又换了紧身上衣，女奴们也装扮起来；天才乐师拿起响亮的琴，引起大家对轻歌曼舞的兴致；堂上响起了舞蹈的人和穿着漂亮裙子的女人的脚步声。外面的人听到声音就这样说道：“大概有人终于同大家追求的王后结婚了；她真不好，到底还是不能守着家宅，坚持到奥德修回来的时候。”

有人就这样议论着；他们并不知道实际发生的事。这时女管家尤吕诺弥在屋里给英雄奥德修洗了澡，涂上油，给他穿上美好的衬衫和外套。雅典娜在他头上洒下一层光彩，使他的形象更加魁伟，使他头上鬈发下垂像水仙花一样；有如一位得到赫费斯特和帕拉雅典娜传授各种技艺的巧匠，在银器上镀一层黄金，做出悦目的器皿，女神就这样在他头上和肩上洒下一层光彩；奥德修从浴池出来，容貌像永生天神一样；他又在方才离开的椅子上坐下来，面对着妻子，对她说道："你真奇怪，居住在奥仑波山上的天神给了你比任何女人更冷的心肠；别的女人在丈夫受了许多苦，过了二十年才回到故乡的时候，不会忍心不理自己丈夫的。保姆，你现在给我铺床吧；我要单独睡，因为她的心简直是铁打的。"

聪明的潘奈洛佩对他说道："你才奇怪呢。我并不是自高自大，也不是轻视你，也不是惊讶得不知所措。不过我还记得很清楚，你乘着长橹的船离开伊大嘉时是什么模样。尤吕克累，你去给他铺好那个结实的床，就是他自己手制的那个，把它放在我的美好卧房外面；你再在结实的床架上铺上褥子，再加上羊皮、外套和光滑的被单。"

她用这个话来试探她的丈夫。奥德修动了火，就对他的忠心的妻子说道："夫人，你说这话真叫人伤心。谁把我的床搬开了？就是有大本领的人，也不容易做到这件事。只有一位天神才能随意把床搬走。一个凡人，不管他多么有力气，也不可能把它轻易移动，因为那个巧制的床藏着一个机关，那完全是我一个人设计的。院子里曾经长了一株枝叶修长的橄榄树，健壮而茂盛，粗得像一根柱子；我在树的周围修建了卧室，用石头紧密筑成，又精巧地加上屋顶，装上紧密无缝的两扇门；然后我把这株枝叶修长的橄榄树从根砍断，去掉上面的枝条，用铜锛把树干细细锛平修直，作为床柱，又用钻子穿了孔；这样我做好床基，上面镶了金银和象牙，又铺上漂亮的紫色牛皮；这就是我的秘密设计。夫人，那个床还好好的在原处吗？还是有人把橄榄树根砍断，把床移到别处去了？”

他这样说；潘奈洛佩认出奥德修所说的可靠标志，坐在那里心神无主，四肢无力；她流着泪一直跑过去，用双手抱着奥德修的头颈，吻他的头，向他说道：“奥德修，不要生我的气；你是比任何人都明白道理的。天神给了我们许多痛苦；他们不愿意让我们在一起享受青春时光，直到老年临近。你现在不要生气，不要责备我吧，虽然我最初看见你的时候，我没有欢迎你。这是因为我总是不放心，生怕什么人到这里来说假话欺骗我；很多人是会作出邪恶的计策的。要是阿戈的赫连妮，宙斯的女儿，知道阿凯的年轻战士会把她带回故乡，她就不会同一个异邦人恋爱交欢了。天神使得她做了丑事，虽然她最初并没有想到这是件罪行极大的丑事；我们的不幸遭遇也是从那时开始的。现在你说出了我们婚床的明显标记，那是别人没有看到的，只有你和我，还有一个看守我们精筑的婚房门户的女佣人；她是阿克陀的女儿，是

奥德修与潘奈洛佩相认

我父亲给我陪嫁的。我的心虽然固执，你还是使得我真正相信了。”

她这样说；这话又勾起他想哭的心情；他就抱着他的忠心的妻子痛哭起来。就像人在海水中漂浮，惊喜看到陆地；他们精制的船被波塞顿在海上打碎，狂风怒浪冲击着，只有少数人从海里逃脱，身上结了一层厚盐，他们终于脱离灾难，欣喜登上陆地；潘奈洛佩看到了自己的丈夫，正是这样高兴，不让她的素臂片刻离开他的头颈。如果不是明眸女神雅典娜想了一个办法，他们几乎要哭到红指甲的曙光呈现的时候；她阻止了将逝的长夜的进程，在瀛海的尽头拦住了金座的曙光，使她不能驾起那两匹骏马兰培和法埃宋；曙光女神常驾这两匹小马，给人们带去光明。

足智多谋的奥德修又对他妻子说道：“夫人，我还没有胜利经过所有的考验；今后还有大量长期而严峻的艰苦工作，那些我也必须完成；因为当我到阴府去寻找伙伴并且打听我的归程的时候，泰瑞西阿的鬼魂曾经为我作了预言。现在，夫人，我们上床去吧，在甜蜜的睡眠中，我们可以舒舒服服地休息一下。”

聪明的潘奈洛佩对他说道：“你什么时候愿意都可以；

既然上天让你回到故乡和精筑的宫室，你的床是现成的。不过，既然上天给了你指示，你自己也考虑过了，那你就告诉我还有什么考验吧。将来我总会知道的；现在告诉我也没有什么关系。”

足智多谋的奥德修回答道：“你真奇怪；为什么要忙着知道？不过，我还是毫不隐瞒地告诉你；可是你听了不会高兴的，我自己也不高兴哩。他命令我到很多国家去漫游，手里要拿着一个长桨，一直走到那些不晓得有海洋的人那里；那里的人不吃有盐的食物，也没见过彩绘的船和作为船的双翼的长桨。他还告诉我这个明白的征象，我也不瞒你。他说，当我在路上碰到一个人，认为我壮健肩膀上的桨是个簸箕的时候，我就要把桨插在地上，向大神波塞顿献上美好的祭物，要献一头公羊、一头公牛和一口交配过的公猪，然后动身回家，再按照次序，向主掌广天的全体永生天神献上圣洁的百牛大祭；我的老年将过得很舒服，死神将温柔地从海上降临；我统治的人民将是幸福的；他说这一切都将实现。”

聪明的潘奈洛佩对他说道：“如果天神们让你到达幸福的晚年，那就是说你将能从灾难中逃脱。”

他们就这样交谈着；这时尤吕诺弥和保姆拿着火把去把

铺着柔软被单的床准备好；她们把结实的床准备好之后，保姆回到她屋里去休息，看守卧房的女奴尤吕诺弥拿着火把，领着他们到那里去，把他们带到卧房之后就回去了。他们高兴地回到婚床去重续旧好。这时帖雷马科和牧牛奴、牧猪奴也停止舞蹈，又叫女奴们停止；他们就在阴暗的堂上睡觉了。当奥德修和潘奈洛佩在尽情欢乐之后，又愉快地谈起话来。那尊贵的妇人潘奈洛佩说她在家里受了多少痛苦，眼看那群求婚子弟破坏他们的产业，拿她作理由宰杀许多肥壮牛羊，倾干许多坛美酒；天神的后代奥德修说他给多少人带来悲惨下场，自己又经历多少艰难痛苦；他讲的一切故事她很爱听；在他讲完全部故事之前，睡梦并没有落到她的眼睫上。

他开始讲怎样打败了吉康人，又到达吃萎陀果的种族的肥沃地带，还讲了独目巨人所做的事，他怎样为他的勇敢伙伴们报了仇，他们怎样被巨人残忍地吃掉，他又怎样到了埃奥洛王的国土，埃奥洛欢迎他们并把他们送走，但是命运不让他们还乡，狂风又抓住他们，让他们呻吟着经过鱼龙起伏的大海，他又怎样到了莱斯特吕恭人的帖勒蒲洛，那里的人使他们的船舰和大部伙伴毁灭，只有他单独乘着黑色船逃掉，他又讲了刻尔吉的巧诈多谋，他怎样乘着排桨的船到了幽暗的阴府，向塞拜的泰瑞西阿的鬼魂打听消息，怎样看到他的伙伴们和养育他成人的母亲，他怎样听到赛仑鸟的不停的歌声，怎样来到互相冲击的岩石和可怖的卡吕布狄和斯鸠利跟前，那是从来没有人能够逃脱而不受损伤的，然后他的伙伴又怎样杀了太阳神的牛，从高空响雷的宙斯怎样用灿烂的霹雳打击他的快船，使他的勇敢伙伴全部毁灭，只有他一个人逃脱死亡，他怎样又来到奥鸠吉岛的神女卡吕蒲索那里，她把他留在深深岩洞里，照顾着他，希望他肯作她的丈夫，并且答应让他长生不老，可是不能使他改变心意，怎样经过许多艰险之后他又来到腓依基人那里，他们怎样对他非常尊敬，像对待天神一样，用船把他送回故乡，还送给他很多金子、铜器和衣服。他讲的故事就到此为止；这时甜蜜的睡梦降临，使人四肢松弛，解除了他心中的忧虑。

这时明眸女神雅典娜又出了一个主意；当她觉得奥德修同他妻子的欢娱和睡眠已经足够，她立刻从瀛海唤起金座的曙光，给人们带来光明。奥德修从柔软的床上起来，吩咐他妻子说道："夫人，现在我们已经经历过很多考验；你在家里曾为我的多灾多难的归程悲伤怀念，我被宙斯和其他天神降下的灾难拴住，渴望着故乡，不得回来。现在我们又回到了渴望的婚床；你可以继续在家里看管我的财产，我要去取得很多羊群，来补足那些无礼的求婚人造成的损耗；阿凯人也会归还给我的，一直到我把羊圈装满为止。我现在要先到林木阴森的庄园上去，看看我的尊贵的父亲；他为了我非常悲伤。夫人，虽然你很聪明，我还是要嘱咐你一件事。等到太阳升起，求婚子弟在堂上被我杀掉的消息就会很快传出去的。你要同侍女们上楼去等候，不要同任何人见面，也不要问什么问题。”

他说完话，就在肩上披上美好兵甲，又叫起帖雷马科和牧牛奴、牧猪奴，叫他们都拿起兵器，他们遵命穿好青铜甲胄，开了门走出去，奥德修在前面带路。这时大地已经光明，但是雅典娜把他们用黑夜笼罩起来，很快就领着他们到了城外。

卷二十四

这时鸠利尼山的赫尔墨拿着美好的金杖，把求婚子弟们的鬼魂召集到一起；他可以用神杖使人闭上眼睛，也可以使人从睡梦中醒来；他这时用神杖唤起鬼魂，把它们带走；鬼魂啾啾地跟随着他；就像在幽异的山洞深处，蝙蝠成串地悬挂在岩石上；有时一个忽然掉下来，大家都惊叫着飞来飞去；那些鬼魂就是这样啾啾地跟随着他。解脱苦难之神赫尔墨领着它们走下阴湿的路途，经过瀛海的水流和白岩，太阳的门户和幻梦居住的地方，很快来到那永不凋谢的草原，那是劳苦凡人的亡灵所居之地。在那里它们遇到辟留之子阿戏留、帕特洛克勒、高贵的安提洛科和埃亚等人的魂灵；除了高贵的辟留之子以外，埃亚的容貌身材是达脑人中最出色的。求婚子弟的鬼魂聚集在辟留之子的周围；郁郁不乐的阿特留之子阿加曼农的魂灵也走了过来；他身边还聚合了其他鬼魂，那些就是同他一起在埃吉斯陀家里被杀而结束生命的伙伴们。辟留之子首先对阿加曼农说道："阿特留之子，我们曾认为你在众英雄中是执掌霹雳的宙斯最宠爱的人；你在我们阿凯战士受尽苦难的特罗地方是许多英雄的主帅；但是死亡的命运降到你身上也是太早了；生在世上的人是无法逃脱命运的。要是你在特罗威名显赫的时候遭到死亡，全体阿凯人还会给你修筑一座陵墓，你日后也可以为你儿子赢得声名；现在这样的命运却使你悲惨地结束了一生。"

阿特留之子的鬼魂回答道："幸福的辟留之子，有如天神一般的阿戏留，你倒是远离阿戈在特罗战死的。当时最勇猛的特罗和阿凯子弟都来争夺你的尸首；很多人在你尸体附近丧了命。你横陈在扬起的尘土里，躯体魁伟，不再记得驾马的技术；我们战斗了一整天；如果宙斯没有用暴风雨遏止我们，我们还不会停止战斗的；后来我们把你的尸体从战场上带走，回到船上；我们达脑人用温水洗净你的美好尸体，又涂上油，放在灵床上，四周的战士流着热泪，剪掉头发。你的母亲和海上的其他永生女神们听到消息也来了；海上传

赫尔墨引求婚子弟们的鬼魂到亡灵居所

来一阵神异的呼号；阿凯人听到就害了怕；他们都要跑到弯船上去，但是一个通晓古事的人拦住了他们；这就是奈斯陀；他的谋略向来是最好的。奈斯陀对他们作了忠告，‘阿凯子弟们，停止吧，不要逃跑吧；这不过是阿戏留的母亲带着海上的永生女神们从海上降临，来看看她死去的儿子。’他的话消除了英勇的阿凯战士的惊惶。海中老人的众女在你尸体周围悲悼哭泣，又给你穿上神奇的衣服；那九位诗歌女神作了悼歌，互相应答，声音美妙；没有一个阿凯人不在流泪，缪刹女神的歌喉是那样动人。我们大家，包括永生天神和凡人，为你哀悼了十七个昼夜；在第十八天我们为你举行火葬，在尸体周围我们宰杀了很多肥壮牛羊；你的尸体连同天神的衣裳和很多香油甜蜜一起被焚化；在熊熊火焰旁边，很多披甲的阿凯英雄走动着，有步行的也有骑马的，造成一片喧哗。到了清晨，火神的烈焰消灭了你的尸体，阿戏留，我们就把你的白骨收集起来，放在纯酒和香油里；你的母亲拿来一个双耳的金杯，据说是著名的赫费斯特的作品，是狄奥尼索送给她的；高贵的阿戏留，我们就把你的白骨放在这个金杯里；放在一起的还有战死的曼诺依调之子帕特洛克勒的骨骸；安提洛科的遗骨放在另一处；除去战死的帕特洛克勒而外，安提洛科是你在伙伴中最尊重的人。阿凯战士的精锐队伍又为这些遗骨修筑起一座巨大庄严的陵墓，就在宽广的赫勒斯彭海峡的尖端，为了使现在和将来的人可以远远在海上看见。你的母亲又为阿凯英雄们举行竞赛，向天神索来非常好的奖品，放在竞赛场上。过去虽然你看见过许多英雄的葬礼，看到国王逝世后年轻人准备的角技，你如果看到这次竞赛也还要非常惊奇；银足女神塞提为你拿出那样好的奖品，这是因为天神们很看重你，阿戏留；你虽然死了，但是没有失去荣耀，在众人中你将保持着高贵的名声。可是对我说来，战争结束又有什么好处？在我归家的途中宙斯给我安排了凄惨的命运，让我死在埃吉斯陀和我那可恨的妻子手里。”

他们这样交谈着。宙斯的使者斩魔神把那些被奥德修杀死的求婚人的鬼魂带到他们附近；他们看见了，非常惊讶，就走过来；阿特留之子阿加曼农认出美阑留的儿子，高贵的安菲弥东，因为安菲弥东曾在伊大嘉招待过他；阿特留之子的鬼魂就对安菲弥东说道：“安菲弥东，出了什么事，使得你们这些年华方茂的人都来到黄泉？就是从你们国家里再精挑细选，也找不出别的人来了。是波塞顿唤起了狂风巨浪把你们在船上消灭掉的，还是当你们在旁人土地上劫掠美好牛羊的时候，被人家杀掉的？还是当敌人保卫城邦和妇女的时候，把你们打死的？请你回答我的问题；我曾经在你家做过客哩。你还记得吗？我曾经同英雄曼涅劳一同到你家里，催着奥德修同我们坐着排桨的船到伊利昂去；我们渡过汪洋大海，用了整整一个月时间，费了很大气力，才把攻城夺寨的奥德修说服同去的。”

安菲弥东的鬼魂回答道：“显耀的阿特留之子，人中之王阿加曼农，天神的后代，你说的这一切我都记得，我也愿意毫无隐瞒地把一切经过告诉你，让你知道我们的惨死是怎样造成的。因为奥德修长久离开家，我们就向他的妻子求婚；她也不拒绝这可恨的婚事，也不决定这件事；她给我们安排了横死的命运。她心里想的是另一套；她要在她房里织一匹又细又宽的大布；她对我们说道：‘向我求婚的年轻人，反正英雄奥德修已经死了，你们虽然着急要我再嫁，还是略等一下吧，等到我织完这件衣料，免得让我的手工白白浪费；这是给英雄拉埃提准备的殡衣，是给他在死亡的命运降临，使他倒下的时候穿的；他有这许多产业，如果去世时连一件殡衣也没有，这里的阿凯妇女要责怪我的。’她这样说，我们宽宏大量，都同意了；从那时起，她每天白天织这匹大布，夜里在火炬光下又把它拆掉。这样她用诡计把阿凯人欺骗了三年；岁月流转，到了第四年；月盈月缺，许多日子过去了；她的一个女奴知道这件事，告诉了我们，我们在她正拆掉那灿烂的布匹的时候把她捉住；她才被迫把布织完。她织完那匹大布，把它洗过，拿来给我们看；它像日月一样灿烂光明。那时不知道什么坏运气又把奥德修从外地带回来，到了庄园边上牧猪奴居住的地方；英雄奥德修的儿子也到了那里；他是从蒲罗的沙地乘着黑色船回来的。他们两人为求婚子弟们布置下凄惨的死亡。他们进了都城；奥德修是后去的；帖雷马科先领着路，牧猪奴然后把奥德修带去。他穿着很坏的衣服，像一个倒了霉的年老叫化子，拄着拐杖，衣服非常破烂；当他突然出现的时候，我们没有一个人能够看出这就是奥德修，甚至老一辈的人也看不出来。我们用恶言恶语攻击他，又打了他，可是他在堂上忍着性子忍受了打击和讥讽。持盾神宙斯给了他一个主意；他同帖雷马科合谋，把美好的兵器拿开，放到库房里，上了锁。后来那足智多谋的人又叫他妻子在求婚人面前放下他的弓和黑铁斧，让我们这些倒霉的人进行竞赛，这样就开始了一场屠杀。我们没有一个人能拉得动这把大弓的弓弦，我们的气力都差得多；后来这把大弓传到奥德修的手里；我们大家都叫喊起来，都说不能把弓交给他，即使他说很多好听的话；可是只有帖雷马科一个人鼓励他，要他把弓拿起来。久经考验的英雄奥德修把弓拿在手里，很容易地上了弦，射箭穿过铁斧；然后他在门槛上站好，把利箭倒出来，眈眈怒视着；他一箭射死了王子安提诺，又向旁人发出致人死命的箭；他一箭射死一个，我们一个接一个地倒下来。这时大家才明白有天神在帮助他们；他们仗着优势在堂上乱攻乱杀，一片凄惨的叫喊声音，许多头颅被打碎，遍地流着血。阿加曼农，我们就这样死掉了；现在我们尸体还留在奥德修家里，没有人管，因为我们家里的人还都不知道这件事；没有人洗净我们伤口的血污，也没有人安置好我们的尸体，为我们哭泣；而那些却是死者应有的待遇。”

阿特留之子的鬼魂就说道：“幸福的拉埃提之子，足智多谋的奥德修，你真得到了一个非常好的妻子。高贵的潘奈洛佩，伊加留的女儿，有这么纯洁的思想，这样念念不忘她的丈夫奥德修，她的美名将永垂千古；永生的天神将在世人中谱作一首诗歌来颂扬贞洁的潘奈洛佩；她不像屯达留的女儿，后者计划了邪恶罪行，谋杀了亲夫，世人将传说她的丑行；那种人给一般妇女都带来恶名，甚至连累了正派女人。”他们就在黄泉下面的阴间这样交谈着。

奥德修和其他人出了城，不久就来到拉埃提的美好庄园，那是拉埃提过去为他自己置下的产业，曾付出不少劳动；那里有他住的房子，四面有一圈草屋，在茅棚里住着为他服役的奴仆，他们吃饭睡觉都在那里。在拉埃提自己房子里有一个西西里籍的老太婆，她就在城外的庄园上忠心服侍着这位老人。奥德修对他的儿子和奴仆说道："你们到这所精筑的房子里去，立刻宰一头最好的猪，准备吃饭；我要去试探一下我的父亲，看看他是否能用眼睛认出我来，因为我已经离家很久了。”

他说完了，就把兵器盔甲交给他的奴仆，他们就立刻进屋去了。奥德修探着路，来到那果实繁盛的葡萄园附近；当他走进那个大果园的时候，他没有碰到杜利奥和他的几个儿子和其他奴隶，因为他们都去找石头来筑围墙去了，由老人杜利奥给他们带路。奥德修看到他父亲一个人在那精筑的果园里，正在一株幼苗四周松土；拉埃提穿着一件很脏的上衣，非常破烂，腿上绑着一块补过的牛皮来预防擦伤，手上戴着手套防备荆棘，头上戴着一顶山羊皮的小帽，情绪郁郁不乐。久经考验的英雄奥德修看到他老态龙钟、心情抑郁的样子，就站在一株高高梨树下流出了眼泪。他心里盘算，是就去拥抱和亲吻他父亲，告诉拉埃提他怎样回到故乡呢，还是先问问他，在各方面试探他一下；他最后认为还是先逗逗他，先试探一下好。英雄奥德修打定了主意，就走了过去。在拉埃提还低着头在幼芽四周松土的时候，他的高贵儿子走到他跟前，对他说道："老头子，你管理果园倒很有经验，你搞得很在行哩；园子里的一切东西，无论是果树幼芽还是无花果，还是葡萄或橄榄，还是梨树或蔬菜，你都照料得很好；可是我要责怪你另一件事，你可不要不高兴。你没有好好照料自己，老年很孤苦，形容枯憔，邋邋遢遢，又穿得破破烂烂，我想这不会是由于你干活偷懒，所以主人不照顾你；从你的容貌身材看起来也不像个奴隶，倒是像贵族那样的人；你应该洗个澡，吃吃饭，睡在软软的床上；老年人应该有那样的待遇。现在请你毫不隐瞒地对我说，你是谁家的奴隶？管理的是谁家的果园？还请你老老实实地告诉我，让我知道，我到的这个地方就是伊大嘉吗？方才我来到这里遇到的那个人是这样说的；他看来不大正常，因为我向他打听我的一位客人，我问他那个人是否还活着，还是已经死掉到了阴间，可是他什么也不告诉我，也不听我的话。我要告诉你关于我的那位客人的事，请你记好；我曾在故乡接待过一位来客；我欢迎那位远方来客胜过世上任何其他人；他说他来自伊大嘉，他的父亲是阿凯西奥之子拉埃提。我把他带到家里隆重招待，对他很友好殷勤，充分供应他我家中的一切，又按照礼节赠送了礼物；我送给他七镒纯金，一个纯银的刻花酒碗，十二件单层外套，同等数量的袍毡衬衣，还送给他四个手艺精巧的女奴，都很漂亮，任他自己挑选。”

奥德修的父亲流着泪回答道：“客人，你来到的正是你所问的那个地方，只是现在被无法无天的人篡夺了；你赠送的大量财宝也都白费了。如果你看到他还生活在伊大嘉地方，他一定会送给你很多礼物，好好招待你，再送你上路的，因为按照礼节应该这样回敬招待过你的人。现在请你毫不隐瞒地告诉我；你招待那个倒了霉的外乡人，是多少年以前的事？他肯定就是我那遭到不幸的儿子；他远离故乡和亲人，大概已经在海里被鱼吃了，也许已经在陆地上成为野兽或飞鸟的猎物；他的母亲没有能够给他哀悼安葬，他的父亲也没有能够做到；那位用许多聘礼娶来的妻子，他的贞洁的潘奈洛佩也没有能够按照礼节为她的在灵床上的丈夫哀悼，把他的眼睛闭上，那是死者应得的礼遇。你要老老实实地告诉我，让我好知道，你是什么人？是从什么地方来的？你的城邦和你的父母在哪里？把你和你的高贵伙伴带到这里的快船停在什么地方？你是不是搭别人的船来的，他们把你送上岸就走了？”

足智多谋的奥德修回答道：“我就毫不隐瞒地把一切事情都告诉你。我是从阿吕巴来的；在那里我有一座华贵的住宅；我是波吕皮蒙王的后代阿菲达的儿子；我的名字是埃皮瑞陀，上天强迫我离开西堪尼，漂游来到这里；我的船停在城外田野附近。至于奥德修，他来到我家又离开，那已是五年前的事；那个不幸的人临去时有过良好的预兆，有鸟从他右边飞过；因此我送他上路很高兴，他也很高兴地离开那里；我们原来希望能够再见面，互相赠送贵重礼物的。”

他这样说；悲伤的乌云笼罩着拉埃提；他不断叹息，双手抓起灰土，撒在自己灰白的头上。奥德修看到他父亲的样子，感情激动，鼻子突然发酸，就跑过去，拥抱着他父亲，吻着他说道：“父亲，我就是你说的那个奥德修，经过二十年我又回到故乡了。不要流泪叹气吧；虽然时间匆促，但我还是要告诉你这件事；我已经把家里的求婚子弟全杀光了，对他们可恶的罪行和侮辱作出了报复。”

拉埃提回答道：“如果你真是我的儿子奥德修回来了，你要给我一个明显的凭证，我才能相信你。”

足智多谋的奥德修回答道：“首先你可以用你的眼睛辨认这个伤痕；这是我去到帕尼索山的时候，一只野猪用它的白牙咬伤的；当时你和尊贵的母亲派我到外祖父奥托吕科那里去，取回他到我家时答应给我的礼物。我还可以告诉你，你曾经在精筑的果园里送给我的各种果树；我当时还是个小孩子，跟着你走过果园，问你每种树的名字；我们就从树林中穿过，你告诉我每一株树是什么。你给了我十三株梨树，十株苹果，四十株无花果，你还答应给我五十株葡萄；那些结着不同果实的树在不同时期内结果，宙斯执掌的季节使它们变得沉重下垂。”

他这样说；拉埃提认出奥德修所说的可靠凭证。他心神不定，两腿发软，就伸出两臂，扑向他亲爱的儿子。正当那老人要晕倒的时候，久经考验的英雄奥德修抱住了拉埃提。拉埃提醒过来，定了定心，就说道：“天父宙斯，如果求婚子弟们的狂妄罪行得到了报应，这说明你们天神还在高高的奥仑波山上。可是现在我非常担心；我怕伊大嘉人都要很快到这里来算账，又立刻把消息传到刻法利各个城邦。”

足智多谋的奥德修回答道：“放心吧，不要担心这些事。我们要到你住的地方去，那里离此不远；我已经先派帖雷马科和牧牛奴、牧猪奴到那里去了，叫他们快快把午饭准备好。”

他们说着，就向那所美好的住宅走去；他们进了那所大宅子，看见帖雷马科和牧牛奴、牧猪奴正在切大量的肉，又掺着灿烂酒浆；那个西西里籍的女仆就在屋里给英雄拉埃提洗澡擦油，给他穿上一件美好的外套；雅典娜来到他身边，使得这位领袖的身躯比从前更加魁伟，更加高大。当拉埃提从浴池里走出来的时候，他儿子看见他非常惊奇，因为他的形状像永生天神一样。奥德修就激动地对他说道：“父亲，一定是有哪一位永生天神使得你更加高大漂亮。”

智慧的拉埃提回答道：“天父宙斯和雅典娜、阿波龙在上，要是我还像过去打下尼瑞科城的时候那样年轻就好了；那是一个在海岸极端的坚固城堡；我当时统治着整个刻法利。要是我还像当年那样勇猛，昨天我就可以在我们家里穿戴盔甲，同你并肩作战；那样我就会在堂上使得许多敌人屈膝，让你心里高兴的。”

他们就这样交谈；他们忙完了，准备好了午饭，就按次序在椅子上坐下；他们刚要开始动手吃饭，老人杜利奥带着他的几个儿子在田间干完了辛劳的农活，来到他们跟前；那是孩子们的母亲，那个西西里老太婆出去把他们叫回来的；那个老太婆抚养这些孩子，又体贴地照顾上了年纪的老人。杜利奥看到奥德修，心里很迟疑，站在堂上，非常惊讶；奥德修用温和的口吻责备他，说道："老头子，坐下来吃饭吧，不要站着发怔；我们在这里一直等你们回来，等了好久了，虽然我们都急着想吃饭哩。”

他这样说；杜利奥立刻跑过来，伸出两只手，抓住奥德修的手，吻他的手腕，对他激动地说道："亲爱的主人，你可到底回来了；我们非常想你，但是认为再也看不到你了；天神终于把你带回家来了；欢迎你，祝你好，望天神给你幸福！请你告诉我实际真相是怎样，让我好明白；聪明的潘奈洛佩已经晓得你回来了吗？我们要赶快把消息告诉她吗？”

足智多谋的奥德修回答道："老头子，她已经知道了，你不必多操心了。”

他这样说，杜利奥就在光滑的座位上坐下来。他的儿子们也同样走到英雄奥德修跟前，拉住他的手，向他表示欢迎，然后按次序坐在他们的父亲杜利奥旁边。

在他们正在堂上忙着吃午饭的时候，那传送消息的谣言之神已经很快走遍全城，传出了求婚子弟遭到惨死下场的消息。大家听到消息，立刻从各地聚合，来到奥德修家门口去哀悼死者，每家从里面把尸首带出去埋葬；他们又把来自其他城邦的求婚人的尸体放到快船上，叫船夫把尸体送回各地。大家心情沉重地来到会场；他们集合好了，就进行会议；尤培塞先站起来向大家讲话；他心里怀着难忘的痛苦，因为他的儿子就是安提诺，英雄奥德修第一个杀死的人；他流着泪发言道："朋友们，奥德修在阿凯人中犯了严重罪行；他用船带走许多优秀的人，结果那些弯船和带去的伙伴都全部丧失了；他回来之后，又杀死那些最高贵的刻法利人。在他没有能够逃到蒲罗或埃培奥人统治的美好的埃利岛之前，我们要去找他算账。如果我们不对杀死我们子弟的人进行报复，我们将永远蒙受耻辱，因为后代的人听到这件事也要引以为耻的。我现在活下去也没有意思了；我宁愿立刻死掉，同死去的人在一起。我们去吧，不要让他们渡海逃走。"

他这样流着泪诉说着；全体阿凯人都很同情他。这时弥东和那天才乐师才睡完觉；他们从奥德修家里出来，到了人群中间，大家非常惊讶。聪明的弥东就对大家说道："伊大嘉人，现在请听我讲几句话。奥德修能做到这件事，并不是没有永生天神的意旨；我就亲眼看见了一位永生天神在奥德修身旁，外表非常像曼陀，但是那时出现在奥德修面前的实际上却是一位永生天神；他有时给奥德修助威，有时在堂上跑来跑去，造成惊惶，求婚子弟们就一个接一个地倒下来。"

弥东这样说；他们全体都吓得脸色发白。年老的领袖马斯陀之子哈利赛西在众人中讲了话；他是唯一能看到过去和未来的人；他善意地对大家说道："伊大嘉人，朋友们，现在请听我讲几句话。这件事完全是你们的恶劣行为造成的。你们不听我和领袖曼陀的话，不肯命令你们的子弟停止胡闹；他们狂妄无礼，做出恶劣的事，浪费一位王爷的财产，又污辱他的妻子，说奥德修不会再回来了。现在事情应该这样解决；你们要听我的劝告，不再到那里去，免得自找苦吃。"

哈利赛西这样说；但是多数人跳起来，大声喊叫；只有少数人留在原地。多数人还是要听从尤培塞，不肯听他的话；他们跑去拿来盔甲和兵器；他们身上穿戴好了耀目的铜甲，就在广大城前集合；糊涂的尤培塞率领着他们；他以为可以为他被杀的儿子复仇，实际上他也不能再回来，也要遭到死亡的下场。

这时雅典娜对阔阒之子宙斯说道："阔阒之子，我们的父亲，至高无上的王，请你回答我的问题；你心里是怀着什么打算？你准备继续残酷的战斗和猛厉的搏杀吗？还是准备在双方中间建立和平？"

聚集云雾之神宙斯回答道："我的孩子，你何必问我呢？你自己不是已经作了安排，让奥德修回来向他们进行报复吗？你现在愿意怎样做就怎样做。我只想告诉你怎样做最合理；既然英雄奥德修已经对求婚子弟报了仇，让他们认真发一个誓，使奥德修永远为王好了；我们还可以安排一下，让他们忘记子弟被杀的事，让他们相互友好像从前一样，享受财富和平。"他说完了，就催促雅典娜快去，她也很想快点去，就从奥仑波的山顶上飞下。

他们吃饱了甜美的午餐，久经考验的英雄奥德修就说道："出去一个人看看他们是否已经向这里来了。"他说完，杜利奥的一个儿子就遵命走出去；他站在门槛上，看到他们已经距离不远；他就激动地对奥德修说道："他们离这里很近了；我们赶快装备好吧。"

奥德修这样说；他们起来穿好了盔甲；奥德修方面是四个人，杜利奥有六个儿子，拉埃提和杜利奥虽然头发花白，也穿上盔甲，一定要参加战斗。他们身上穿戴好了耀目的铜甲，就开了门走出去；奥德修率领着他们。宙斯的女儿雅典娜这时也来到他们身边，身材和声音变得同曼陀一模一样。久经考验的英雄奥德修看见她来很高兴，他就立刻对他儿子帖雷马科说道："帖雷马科，勇敢的战士经受考验的时刻到来了；你要明白这一点，不要给你的祖宗丢脸；我们过去在世上向来是以勇敢和威力称雄的。"

谨慎的帖雷马科回答道："亲爱的父亲，你如果愿意，你可以看到我的决心是不会给我们家族丢脸的，正如你所吩咐的那样。"

他这样说；拉埃提很高兴，就接着说道："亲爱的天神，这真是个好日子，能看到我的儿子同他的儿子比赛勇力，我太高兴了。"

明眸女神走过来，对他说道："阿凯西奥之子，我最亲爱的伙伴，你应该向明眸女神和天父宙斯祷告，然后立刻拿起长矛扔出去。"

帕拉雅典娜这样说，又给拉埃提增加了勇力。老人向伟大宙斯的女儿作了祷告，然后立刻扔出了长矛。他的矛打中了尤培塞，穿过护颊的铜盔；铜矛的尖锋并未停留在那里，而是一直穿了过去；尤培塞扑通一声倒下来，身上的铜甲发出响声。奥德修和他的高贵儿子向面前的敌人冲去，用剑和双锋的短矛刺杀敌人。如果没有持盾之神宙斯的女儿雅典娜拦住，他们本来会把敌人全部杀光，一个也回不去的。雅典娜大喝一声，把他们止住，说道："伊大嘉人，停止残酷的战斗吧，不要再流血，赶快分开！"雅典娜说了话，他们都吓得脸色发白；他们听到女神的声音，在恐惧中把手中的兵器丢到地上，转向城里奔跑，只想逃命。久经考验的英雄奥德修凶猛地呼喊着，像一只在高空翱翔的鹰，向他们冲过去。这时闶阆之子降下了吐着烈焰的霹雳，落到伟大天父的女儿明眸女神前面。明眸女神雅典娜对奥德修说道："神裔拉埃提之子，足智多谋的奥德修，停止吧，让这场战斗不分胜负好了，免得让宏音的闶阆之子宙斯发脾气。"

雅典娜这样说；奥德修高兴地听从了。持盾之神宙斯的女儿帕拉雅典娜，身材和声音变得同曼陀一模一样，为双方订立了持久的盟约。

附　录

译本序

相传为荷马所作的两部史诗《伊利昂纪》和《奥德修纪》(旧译常作《伊利亚特》和《奥德赛》)是古代西方文化中最著名的述事长诗。这两部史诗每篇都长达万行以上;《伊利昂纪》有 15 693 行,《奥德修纪》有 12 110 行,这两部史诗大约是公元前 10、前 9 世纪前后开始形成的;从公元前 8、前 7 世纪起,就已经有许多希腊诗人摹仿它,公认它是文学的楷范;两千多年来,西方人一直认为它是古代最伟大的史诗;马克思也给与了极高的评价,说它"就某方面说还是一种规范和高不可及的范本"。马克思这段话可能使一些人产生误解,认为在古代文学中荷马史诗的思想和艺术水平达到了这样高度,即使在今天,它还是"高不可及的范本”。这样理解当然是错误的；我们知道马克思所说的并不是这个意思。马克思这段话是这样说的：“……困难不在于理解希腊艺术和史诗同一定社会发展形式结合在一起。困难的是，它们何以仍然能够给我们以艺术享受，而且就某方面说还是一种规范和高不可及的范本。”“一个成人不能再变成儿童，否则就变得稚气了。但是，儿童的天真不使他感到愉快吗？他自己不该努力在一个更高的阶梯上把自己的真实再现出来吗？在每一个时代，它的固有的性格不是在儿童的天性中纯真地复活着吗？为什么历史上的人类童年时代，在它发展得最完美的地方，不该作为永不复返的阶段而显示出永久的魅力呢？……”[1]马克思在这段话里指出希腊史诗（和希腊艺术）是人类社会的童年的产物；从那时起，人类社会已经从早期奴隶社会发展到封建社会、资本主义社会和社会主义社会；所以产生荷马史诗的时代已经是“永不复返”了；“一个成人不能再变成儿童”；史诗的思想和艺术特色是与当时社会的某些形态相关联的；我们今天的思想意识与荷马时代的人大不相同，当然不能产生同样的文学艺术作品。我们所处的时代是比荷马时代在人类历史上高得多的阶段；社会主义时代的人的精神世界当然比荷马时代人的精神世界要丰富得多，深广得多；在这种意义上，我们今天的文学艺术，总的来说，无论在思想内容上或是在艺术技巧上，比起荷马时代的作品当然应该是高明得多。但是马克思也指出，像荷马史诗那样的伟大古典作品，即使在今天也“仍然能够给我们以艺术享受，而且就某方面说还是一种规范和高不可及的范本”；这是因为荷马史诗在当时的历史条件下是登峰造极的艺术作品，它的内容和技巧都达到了相当高的水平；尤其从艺术方面来说，虽然当时人所掌握的艺术手法和技巧没有我们今天那样丰富，但是一位古代有才能的作家完全可能利用有限的技巧，比较深刻而真实地反映当时现实，创造出震撼人心的作品，使得后世作家感到望尘莫及，所以它能有“永久的魅力”；同时，由于它的时代已经是永不复返了，我们今天看荷马史诗，也可以感到有如一个大人看到小孩的天真时那样的喜悦。很明显，我们今天从荷马史诗里也还是可以汲取许多有益的东西，来“努力在一个更高的阶梯上”创造更伟大的，无愧于我们时代的作品的。

世界上许多古老民族都有过长篇的史诗。我们通常所谓史诗，是指一个民族在它的幼年阶段，即从野蛮进入文明阶段，用诗歌体裁所记录下来的古代神话传说的长篇创作；有些古老民族的史诗是在早期奴隶社会阶段开始形成的；荷马的史诗就是这样；也有些民族形成较晚，日耳曼民族的《尼泊龙之歌》，法兰西民族的《罗兰之歌》，英国的《裴欧沃夫》等就是这样。这些都是著名的欧洲古代史诗作品。在亚洲，古代著名的史诗作品也很多；印度的《摩诃婆罗多》和《罗摩衍那》，就是很重要的史诗。印度的两部史诗开始形成很早，可以同荷马的两部史诗产生情况相比，但是被写成定稿却是在较晚时代。此外，世界各个民族还有不少民间流传的长篇叙事诗；这些严格说起来，不能算是史诗，因为它们的内容不是叙述古代的英雄事迹，只是人世间一些悲欢离合的传奇故事；史诗一般都是以古代神话传说和部族所崇拜的英雄事迹为题材的。

每个民族在它的幼年时代都有不少瑰丽动人的神话传说；在原始部落时代，由于人们还不能认识和控制自然，他们必然要对不可理解的自然现象作种种想象的解释，这样就产生了神话；这些神话传说最初总是零星杂乱的；我们古代就有过许多瑰丽多彩的神话故事，如巨人夸父追赶太阳，共工触不周山，女娲补天，大禹治水，精卫填海，愚公移山，等等，但是可惜在古代典籍里，这些故事只有极简略的记录，半隐半现，若存若亡，因此我们只能在想象中追求那些没有得到充分发展或没有被记录下来的丰富内容。在我国的汉族文学里，如《诗经》的雅颂部分，虽然也有一些根据神话传说写成的叙事诗，歌颂古代英雄的事迹，但那些只是短篇创作，不是长篇巨制，不能算作史诗；我国少数民族中倒有一些长篇的史诗作品，可惜还没有经过加工整理。总之，世界上许多民族都有根据古代神话传说写成的长篇史诗；这些史诗一般都是把古代神话传说加以整理制成的；不少原来都是口头文学，后来才被记录下来的，所以它们还保存着许多原始人的想象，带着一种“儿童的天真”气息。还有一些后世著名诗人也仿效古代史诗体裁写成歌颂英雄事迹的长诗，如罗马诗人维吉尔的《埃尼阿纪》，英国诗人密尔顿的《失乐园》，葡萄牙诗人加慕恩的《卢西阿纪》，等等；这些我们可以叫作“拟史诗”；虽然这些作品也利用了古代神话传说，但读起来总有一些人为的痕迹，缺少那种古代社会的真实感。荷马史诗一方面是在民间的口头文学基础上形成的，它的原始材料是许多世纪里累积起来的神话传说和英雄故事，保存了远古文化的真实气氛，有一种蓬勃的朝气，一种孩子式的天真；另一方面，它又是在远古地中海东部早期奴隶社会的高度文明的基础上产生的；从它开始用文字流传下来之后，曾经过许多世纪的加工润色，才成为现在的定本；这与西欧和北欧的一些史诗作品产生于文化不大发达的前期封建社会，文字比较简陋的情况又不同；希腊史诗的这种特殊优越条件是与古代爱琴海文明以及雅典和亚历山大帝国时代几百年间奴隶制文化繁荣分不开的；它既是真正的古代史诗，又是达到高度艺术水平的文学作品；它在西方古典文学中享有崇高地位并非偶然。

《奥德修纪》旧译常作《奥德赛》；这种译法并不很恰当。首先，这部作品的希腊原名完全用音译应作《奥德赛亚》;《奥德赛》的音译大概是根据英文转译的；其次，这个字的意思是“关于奥德修的故事”。奥德修在古希腊英雄故事中显然是一个箭垛式的英雄；许多古代神话传说都集中到他一人身上，其中有很古老的传说，也有后来加上的故事。古代希腊还有过好几部业已失逸的史诗，里面都提到奥德修的故事；希腊悲剧和诗歌里也有不少关于他的传说；从这些记载看来，关于奥德修的传说大致如下：奥德修是伊大嘉岛的王；他是一个善用计谋的人；他青年时期，曾在一次赛跑中获胜，赢得了他的贤慧妻子潘奈洛佩，生了一个儿子帖雷马科；当时在希腊地方的强大部族总称为阿凯人；有时在史诗中也称为阿戈人或达脑人；阿凯人以迈锡尼的王阿加曼农为首；他们的劲敌是特罗人，那是东方许多部族的霸主；特罗人的都城是伊利昂。特罗人和阿凯人之间掀起了一场规模巨大的战争；这场战争延续了十年之久；最后阿凯人才攻下了伊利昂城；关于阿凯英雄攻打伊利昂城的故事，见荷马另一部史诗《伊利昂纪》，这里不详细介绍。当阿凯人在大王阿加曼农的率领下远征伊利昂的时候，奥德修曾想用计摆脱这个任务；他假装疯狂，用盐播种，但是终于被人猜破，不得不参加远征军；在伊利昂战争期间，他曾多次献计，屡建奇功；例如有一位英雄菲洛克提谛患了恶疮，根据奥德修的建议，把他丢在一个荒岛上；到了战争的第十年，上天示意要用菲洛克提谛的神箭，才能战胜特罗人，奥德修又去到岛上，把菲洛克提谛接回来，用他的神箭射死了特罗的一些大将。另外一位阿凯人的著名英雄阿戏留（他同阿凯人主帅阿加曼农的争吵构成《伊利昂纪》那部史诗的主题）本来也想逃避这次远征；他假装成一个少女；但是奥德修扮成商贩，到他家去卖杂货，阿戏留对小贩带来的兵器表示了兴趣，因而被多智的奥德修辨认出来，不得不参加了远征军。阿戏留在特罗城前战死之后，奥德修同另一英雄埃亚争夺阿戏留的盔甲；他用巧计战胜了勇力超过他的埃亚，使得后者气愤自杀。后来奥德修又献计造了一只大木马，内藏伏兵；特罗人把木马拖进城，结果阿凯人里应外合，才把伊利昂城攻下。在十年特罗战争后，奥德修在还乡途中经历了许多艰险；最后回到伊大嘉，杀了向他妻子求婚的当地王侯，又成为伊大嘉的王。最后这一部分关于奥德修还乡的故事都在本书中，这里不必重复。

根据古代传说，奥德修杀死求婚子弟之后，又到外地漫游了许多年。后来同他一度爱恋的女神刻尔吉也生了一个儿子，名叫帖雷恭诺；他长大成人之后，刻尔吉叫他去寻找他的父亲奥德修；帖雷恭诺来到伊大嘉，在当地抢掠粮食，奥德修听见有外地人入侵，在那里抢掠，就前去同他交战；帖雷恭诺不知道这就是他的父亲，用矛刺死了年老的奥德修。雅典娜女神命令帖雷恭诺把奥德修的尸体带回刻尔吉的岛上安葬。帖雷恭诺又娶了潘奈洛佩，潘奈洛佩的儿子帖雷马科则娶了刻尔吉。这个传说看来相当古老，带有原始传说的荒诞色彩；年轻的帖雷马科娶了刻尔吉为妻还不太离奇，因为刻尔吉是长生不老的女神，是永远年轻的，但是潘奈洛佩在传说里是个凡人，她既然是奥德修的妻子，奥德修出外二十年又回到家里时，潘奈洛佩起码也有四十多岁了，这时她还被许多求婚的年轻人包围，已经是不大可能的事；等到刻尔吉的儿子帖雷恭诺长大成人时，潘奈洛佩恐怕总有六七十岁了，又嫁给年轻的帖雷恭诺作他的妻子就更荒谬了。另一个传说是潘奈洛佩并没有拒绝求婚子弟们，她成为众人的妻子；还有一说是她成为神使赫尔墨的情人，还生了一个儿子，就是名叫潘的山林之神。这两个传说与《奥德修纪》里的故事相矛盾，也不大流行。

从这些传说看来，我们可以看出《奥德修纪》这部史诗并没有包括关于奥德修的大部分传说，他的早期经历都没有写进去，他的老年和死亡也没有提到；史诗里只提到攻下伊利昂城以后，他在海上又经历了十年的艰苦漂游，以及他怎样回家复仇的故事。故事叙述方法并不是平铺直叙，而是采取了中途倒叙的方法；故事先讲天神们在奥德修已经在海上漂游了十年之后，决定让奥德修返回故乡，这时奥德修在家中的儿子也出去打听关于他长久失踪的父亲的消息；女神卡吕蒲索服从天神的旨意，在留了奥德修七年之后，同意让他回去；他到了腓依基人的国土，在那里他向国王阿吉诺重述了过去九年间的海上冒险，阿吉诺派船送他回到故乡；从卷十三以后的下半部则是叙述他回乡以后的事；这样处理显然是经过慎重考虑的，因为奥德修的海上冒险故事是许多传说合成的；如果从头一项一项讲下去，史诗就要变得冗长单调了。它的结构似乎可以说明这是一位会讲故事的古代诗人精心创作的结果。

关于《奥德修纪》和《伊利昂纪》这两部史诗的创作问题，过去传说都认为是一位名叫荷马的古代诗人所作。古代作家如公元前 5 世纪的希罗多德，较晚的屠吉狄底，公元前 4 世纪的柏拉图和亚里士多德等都肯定《伊利昂纪》和《奥德修纪》这两部史诗是荷马的作品。除去这两部史诗外，还有许多已遗失的古代史诗也曾有人说是他的作品，但也有人说是别人的拟作。此外有一篇已经遗失的讽刺诗和一篇现存的《蛙鼠战争》据说也是荷马写的，但前者只有亚里士多德一个人的话作为根据，后者则已被证明为公元前 4 世纪的一篇拟作。还有许多献给天神的颂歌也有人说是荷马的作品，但是那些短篇神颂实际上都是古代歌诵史诗的专业乐师所用的引子；如果荷马是古代的一位歌唱史诗的乐师，他也可能创作了这些神颂的一部分，但更可能那些也是后日专业艺人的作品。

关于这位诗人的时代异说颇多；古代曾有一篇《荷马传》流传下来，但那只是公元前后的人写的，显然是根据许多传说附会而成，不能当作可靠史料。最早关于荷马的记载见于现存的公元前6世纪占诺芬尼斯的著作里，但是根据希腊地理学家鲍桑尼亚的记载，在公元前7世纪初年的诗人卡林诺斯的诗篇里已经有关于荷马的记录，所以荷马这个名字早在公元前8、前7世纪已经为人所共知了。罗马历史学家塞奥彭普斯说荷马生于公元前686年；我们不知道他的根据是什么；把荷马放在公元前7世纪初并不是完全不可能，但是如果公元前7世纪初年诗人卡林诺斯已经确实提到荷马的话，这年代似乎晚了一点。另一个古代传说是荷马生于公元前1159年，就是说公元前12世纪中叶；除非我们认为荷马史诗最初的样子同现在我们所见的大有不同，否则根据史诗内容看来，这个说法似乎又太早了一点。总之，这些传说不可尽信，也不可完全不信；看起来，古代是可能有过这一位诗人的，其年代可能是在公元前10世纪到公元前9、前8世纪之间。关于荷马的生地说法也不一样；一共有十来个地方，古代都说是他的生地，其中主要有七处；有人说他是雅典一带的人，有的说是在希腊北部，也有的说是在希腊东部靠近小亚细亚一带；这些传说里以靠近东方的较为普遍，也较为可信。多数记载说他是基奥岛人，也有不少说他生在小亚细亚的斯摩纳，这两处都在爱琴海东边。

关于荷马这个名字，西方学者们也有过种种考证；有人说这个名字是“人质”的意思，就是说荷马大概本来是俘虏出身；也有人说这个名字含有“组合在一起”的意思，就是说这个名字是后人附会出来的，因为史诗原来是许多短篇传说组合而成。这些文字上的考证看来好像很有语言学上的根据，实际上都是些主观猜测，没有多少道理。

古代传说荷马是个盲目的乐师，这倒是颇为可能的。古代的专业乐师往往是盲目的；我国古代记载里的乐师是这样，在民间也有很多盲目的说唱艺人，这是因为盲目的人不能选择其他职业，所以只好依靠记忆歌唱词曲来维持生活。《奥德修纪》卷八有一段描写这样一位古代乐师的片段可以作为说明：“……这时使者也来了，带来了忠诚的乐师，那是缪刹女神最宠爱的人；女神给了他不幸，也给了他幸福；她剥夺了他的视觉，但给了他甜蜜的歌喉；使者庞托诺在宴会的众人当中给乐师放了一把银镶的座椅，靠着大柱，又把清音的琴挂在上面一个木橛上，并且告诉他怎样可以拿到；……他们吃饱喝足之后，缪刹女神就引动乐师，让他歌唱英雄们的光荣事迹……”如果有荷马这个人，也许就是这样一位专业艺人。

我们今天所能看到的荷马史诗的旧抄本，最早约在公元前10世纪；两部史诗都保存了不少手抄本，但是内容都一样；这些都是根据公元前3、前2世纪间亚历山大城的几位学者的校订本；荷马史诗的手抄本还有不少残缺不全的断片，这些有的早到公元前1世纪，内容也是完全一样的；由此可见，在公元前3、前2世纪间亚历山大城几位学者校订之后，史诗已经有了最后定本，此后内容就没有任何变动了。公元前3、前2世纪间校订史诗的学者，最著名的有三位。一个是占诺多托斯（公元前285年左右），据说他对原诗的文字作过不少加工，内容上也凭自己的判断有所增减；据说现在我们的两部史诗都分成二十四卷，就是占诺多托斯编定的；这就是说他在原诗上有所增删；原来两部史诗的长短大概没有这样整齐。在他校订以后的学者阿理斯多芬尼斯和阿理斯塔科斯都说《奥德修纪》原来应在卷二十三后面就完了；史诗在叙述到奥德修和潘奈洛佩“又回到婚床重续旧好”时本来就应该结束，后面一卷多的内容大概是占诺多托斯从别的史诗上拿来补上的，为了让《奥德修纪》的长短可以同《伊利昂纪》一样。第二个著名学者阿理斯多芬尼斯（公元前195年左右）是占诺多托斯的弟子；他比他老师校订史诗要慎重一些，比较重视当时的不同抄本，没有作很多的主观增删。第三个著名学者是阿理斯多芬尼斯的弟子阿理斯塔科斯（公元前160年左右），他也很尊重旧抄本，认为一切改动都应该有所根据。这三位学者都是当时希腊学术中心亚历山大城著名的图书馆的主管人，所以他们有机会可以看到很多藏书，有很好的条件来进行这一校订工作。看起来，在这三位学者的时代这两部史诗还存在各种繁简本子，文字上也有些出入。有些现代西方学者曾辑录了古代著作里的荷马史诗引文，一共收集了480来行片段，都是公元前5、前4世纪的；这些引文有些与现在定本完全相同，有些大致相同，有的不见今本；一般来说，不同的约占到一小半。许多古希腊作家如希波克拉底斯、埃斯奇尼斯、屏达洛斯、占诺芬、亚里士多德、阿里斯托芬和柏拉图都引用过荷马，那些引文与今本不完全相同。如亚里士多德引了《奥德修纪》卷九的一段关于独目巨人的描写，文字是与今本一样的，但是他说那段出自《伊利昂纪》卷十，是描写一个野猪的。还有他说在《奥德修纪》卷二十三奥德修对潘奈洛佩的一段话有60行，但是从我们现在的定本看来，这段只有33行。这些变动和内容繁简不同说明了在公元前5、前4世纪通行的史诗同现在的本子是有些差异的。

根据罗马的著名散文家西塞罗的话，公元前6世纪中叶，在雅典当时执政者培西斯特拉陀的领导下，学者们曾编订过一次荷马史诗；在这次编订之前，史诗还没有写下的定本；也有别的古代学者认为这是培西斯特拉陀的儿子希帕科斯执政时的事；我们知道从公元前5世纪起，每当雅典四年庆祝一次的重要节日，都有朗诵荷马史诗的文艺节目；从这次制度实行之后，史诗的内容和形式应该大致是固定下来了；只是当时朗诵史诗的艺人，或根据自己的“话本”，或凭自己记忆，可能在文字上和行数上时时有些变动；在这种情况下，史诗的许多抄本在若干地方有些繁简不同是可以理解的。在1795年一位德国学者沃尔夫发表了一部《荷马史诗研究》，这是近代西方学术界一百多年来关于荷马史诗的热烈争论的开始。沃尔夫认为荷马史诗约完成于公元前10

世纪，开始只是口头文学，靠着民间艺人的背诵流传下来，因此经过多次加工，史诗最初用文字记录下来约在公元前6世纪中叶，这时又经过一些编订加工。史诗成为完整的艺术作品是后代加工的结果；最初大概只有许多短篇故事，并非一人所作。自从沃尔夫的著作发表以后，许多西方学者提出各种不同见解，如英国学者格德斯认为《伊利昂纪》和《奥德修纪》并非一人所作，《伊利昂纪》的后面部分是《奥德修纪》的作者后来补上的；德国学者菲克认为在公元前6世纪以前荷马史诗用的是另一种语言，后来才被译成现在的形式；另一位德国学者刻尔赫浩夫认为《奥德修纪》里卷五、六、七和卷九、十一、十三是最古老的部分，后来另一位诗人增加了卷十三、十四、十六到卷二十三这一部分；至于其余诸卷又是公元前7世纪以后另一位诗人加进去的；这样创作《奥德修纪》这部史诗的就不是一个人，而是三个人了。

古代欧亚大陆曾有过很多文化中心；在公元前2700年，或更早到公元前1000年初叶，地中海东部的爱琴海一带曾有过一个繁盛的早期奴隶制文化；这种文化同亚洲大陆的关系非常密切；这是由于亚洲西部和埃及更早就有了繁盛的早期奴隶制文化，而当时欧洲还是蒙昧未开的地域；所以如果说这种地中海东部的文化是属于欧洲的，不如说它是属于亚洲的更为妥当。这个古代文化中心包括小亚细亚西岸，达达尼尔海峡，地中海东部的克里特岛以及巴尔干南部一带；它与南方的非洲沿岸和古老埃及文化也有一些联系。关于阿凯人远征攻打特罗人的东方重镇伊利昂城的传说是有相当历史根据的。在19世纪末，德国学者谢里曼曾在小亚细亚海岸的希萨里克发掘这个古城的遗址；根据考古发现，这个古城曾经在公元前2000年到公元前1000年间被毁过多次，至少有九次之多；其中第六次被毁可能就是伊利昂战争的历史根据。有些学者曾提出一种可信的假设，即根据当时航海情况和地理看来，这个地区控制了古代通向黑海的通商路径，而黑海又是古代西方通向东方必经之地；为了获得东方的粮食和财富，地中海东部的人民不惜一次又一次地冒险渡海去攻下这个要塞；著名的寻找金羊毛的希腊神话也反映了古代人在黑海一带航海的历史事实。

在迈锡尼，考古学家曾发现古代的巨大陵墓和巨石建筑的城址和石狮，陵墓里还发现死者所穿的华丽服装和金银首饰，以及装在死者面上的黄金面具和精美的青铜兵器；这些发现证明古代迈锡尼的霸主阿加曼农的传说也是有根据的。

在20世纪初年，英国学者伊文思又在克里特岛发现了重要的古代文化遗址；这里有较迈锡尼为早的文化；发现了两座规模巨大的古代王宫，又有工场、库房、陵墓等，还有很多有精美图案的陶器、青铜的雕刻和兵器、反映舞蹈和战斗狩猎等场面的彩色壁画，还有一种类似象形的古代文字。这里的文化与迈锡尼的很接近，但是更早一些；这是一种青铜器文化，其年代约在公元前2000多年到公元前1000多年之间。这种以克里特岛为中心的文化到了公元前1450年左右，由于遭受到巨大的自然灾害（在克里特岛以北发生了强烈地震），或其他人为原因，开始衰亡。爱琴海文化中心由克里特岛一带转移到迈锡尼等地。这时有些北方部族开始南移，在希腊地方建立了新兴的但是文化较低的前期希腊文化；这大概就是史诗里所说的阿凯人或阿戈人；这时铁器也逐渐代替了青铜器。

在史诗里我们可以看到，许多事物的描写是与克里特—迈锡尼文化的实物相符合的，如《奥德修纪》里所描写的曼涅劳的宫殿和腓依基国王阿吉诺的宫殿，有各种青铜和金银装饰，美好的花园和葡萄园，宫里充满了粮食、美酒和果实，随同酒宴还有各种竞技娱乐和舞蹈等；这些初看好像是诗人想象中的理想国土，但是都已被考古发现的克里特—迈锡尼文化所证实。同时，史诗中的描写又有许多同迈锡尼文化完全不同的地方；举例说，从考古发现的壁画来看，古代克里特或迈锡尼人都是短发，而且头发是黑的，而史诗中描写的阿凯人却是长头发的，而且头发是黄的，克里特—迈锡尼人战斗时用的盾牌是长形的，史诗里的盾牌却是圆的；克里特和迈锡尼人穿的盔甲也与史诗中描写的不同。这些带有根本性质的矛盾说明诗人所描写的又不完全就是克里特—迈锡尼文化；这也可以证明在他的时代迈锡尼文化已经衰亡，不过他还“去古未远”，所以还可以描绘一些过去文化的繁荣景象，同时也加上了一些实际生活中的东西，当他描写攻打伊利昂城的英雄们的时候，显然他是追述过去时代发生的事情，他并不是目击者。有些西方学者曾考证史诗里的许多英雄如阿戏留、赫克陀、狄奥弥底等都是北方部族传说里的英雄，不一定与攻打伊利昂城的史实有关。

从过去一世纪间西方考古学家的发现看来，史诗里所描写的一个繁荣的地中海东部的早期奴隶制文化中心是确实存在的，并不是诗人的幻想；这个爱琴海文化的衰亡是公元前1000多年的事；从那时起到公元前7、前6世纪雅典文化兴盛时期，中间还间隔有好几百年；关于早期希腊文化怎样形成的历史，我们虽然有不少传说和考古资料，但是知识上也还存在不少空白点；因此我们还不可能完全解决史诗中的一切问题，但是这些问题将来总会完全弄清楚的。

从史诗中我们可以看出，这些早期希腊人的地理知识比较局限，他们所知道的只是地中海东部地方；当时航海技术还相当简陋，跨海远征是一件很冒险的事，一阵风浪就可以把人带到相反的方向。史诗里描写的小亚细亚一带如叙利亚等地方并不太真实，大概是根据道听途说的，诗人并没有到过；至于非洲一带更是这样；古代埃及的繁盛文化及财富是早期希腊航海人非常艳羡的，但是对他们来说，去到埃及并不容易；北方欧洲大陆当时还有许多野蛮种族，他们更没有确实的知识；在西方他们的地理知识最远只达到西西里岛一带;《奥德修纪》里虽有关于伊大嘉岛的具体描写，但是那些并不与真正的伊大嘉岛相符，所以大概诗人连伊大嘉也没有到过。这种地理知识的局限使得这些早期希腊人认为他们世界的边缘有一条大海环绕着，这条大海他们叫作“奥刻阿诺斯”。我们古代祖先认为他们所居之地是“中原”，是天下的中心，四面都是蛮夷地方，再过去有海水环绕，叫作“瀛海”；实际也是一样的道理。由于早期希腊人航海还没有罗盘针，又认为世界是圆形的，所以史诗里所说的方向也并不准确；史诗里所描写的在他们世界的辽远边缘上的各种奇异故事，如海中怪物斯鸠利和卡吕布狄等，有人考证是在西方的西西里岛附近，也有人认为是北方黑海一带的古代传说。那种人吃了就会忘记家乡的蒌陀果，有人认为是埃及一带的莲子，也有人认为就是伊拉克一带的枣子；近东一些民族从古以来就是拿它当粮食吃的。虽然早期希腊人的足迹并没有超过地中海东部的范围，但是通过其他古代种族，他们也间接获得若干关于远方的知识，甚至获得一些远方的物产，来增加他们的财富；虽然古代旅行非常困难，但是东西方文化的交流还是大量存在的。在希腊文明兴起之前，近东的腓尼基人就以航海著名；通过腓尼基人，早期希腊人听到不少红海到印度洋一带的传说故事；通过北方的斯鸠塞人，他们又得到不少关于黑海到中亚地方的零星知识。西方学者发掘伊利昂城遗址时曾经发现一些玉石做成的斧头；根据他们的研究，这种玉石并没有在亚洲西部发现过，只有我国新疆于阗一带才有；这似乎暗示公元前1000多年的伊利昂城同中亚细亚一带已经有了间接的贸易来往。再举一个例子：在《奥德修纪》卷十九里，当奥德修同潘奈洛佩讲话时，他描写了奥德修在国外所穿的一件衬衫：“我还注意到，他身穿的衬衫非常光滑，轻细有如干了的葱皮那样，而且像太阳一样发出光辉，使得许多妇女看了都非常惊奇。我告诉你这件事，你要好好记住。我不知道奥德修在家里是否也穿这件衣服；也许是在他乘船远征时什么伙伴或者外乡人送给他的；因为奥德修有许多好朋友，很少阿凯人能够同他相比……”我们知道丝绸是从中国传到西方的；古代西亚并没有丝织品；而这里描写的一件衬衫似乎只能是丝织品，不可能是其他，因为即使是最精细的麻纱也不可能比作干了的葱皮那样光滑，而且像太阳那样发出光辉的。是不是可能在那遥远的古代，中国的丝织品就已经少量地到达了西方呢？除非是这样，否则这里的描写就完全是诗人的幻想了。

总之，古代地中海东部的早期奴隶制文化肯定曾从亚非两洲的文化得到丰富的养料；反过来，荷马史诗里若干故事也在亚非文化中有过反映，也许原来就是从亚非地方起源的。根据罗马记载，荷马史诗曾经传到印度，对印度古代文学有过影响。后日唐宋时代的大食商舶和中亚的商队又继续传播了这些故事，在《一千零一夜》等中古时期阿拉伯故事中就可以找到荷马故事的痕迹。所以如果我们在古代中国的传说故事中找到一些荷马史诗里的故事，这也不足为奇。下面我们就举几个例子谈谈。当然，在民间故事中，类似巧合的很多，并不一定就来自一源；但是其中有一些太相像了；考虑到古代东西方文化有许多交流的事实，有些互相影响也完全可能。

《水经注》引用三国时来敏的记载，提到一个秦王用石牛计兴兵灭蜀的故事："秦惠王欲伐蜀，而不知道；作五石牛，以金置尾下，言能屎金，蜀王负力，令五丁引之成道，秦使张仪司马错寻路灭蜀，因曰石牛道。"李白的著名诗篇《蜀道难》里所说的"尔来四万八千岁，乃与秦塞通人烟，地崩山摧壮士死，然后天梯石栈方钩连"也是指同一传说。这个故事同奥德修用木马计攻下伊利昂城的故事有些相像；秦国也是长久不能征服蜀国，最后用巨大石牛引诱敌人，使他们把石牛拖进去，才打进蜀国的。一个用木马，一个用石牛；一个故事里的英雄是足智多谋的奥德修，一个故事里的英雄是张仪，而张仪也是一个善用智谋的人物。我们知道亚历山大东征时，曾到达中亚细亚一带，而亚历山大又很喜欢荷马史诗，在东征时经常阅读；荷马史诗里的故事会不会这时也传到中国西部呢？这个可能性似乎也是有的。

《奥德修纪》里女神刻尔吉用巫术把人变成猪的故事可以在近东一带的许多民间传说里找到。罗马阿普留的《变形记》里就有用魔术把人变成驴的故事，中古时期许多关于非洲东岸的记载里都说这种传说在当地很普遍;《诸蕃志》里说非洲东岸的中理国“人多妖术，能变身作禽兽”；马可·波罗的游记里也曾提到。我们的《太平广记》里保存了唐代孙所作《幻异志》的一则故事，叫作板桥三娘子，这也是一个会用魔术的女人。有一个名叫赵季和的过路客人，在板桥地方经过，在三娘子的客店投宿；三娘子在食物里放了药，把许多客人都变成驴；赵季和幸好没有吃；后来他用智谋战胜了三娘子，又终于饶恕了她。这个故事同《奥德修纪》里关于刻尔吉的一段是非常相像的。板桥这个地方在唐宋间是中外交通要地，是大食等国海舶财货聚合的中心，所以这个故事可能是大食人从近东地方带来的。

《太平广记》又保存了一则唐代故事，内容同《奥德修纪》的独目巨人故事非常相像:“天宝初，使赞善大夫魏曜使新罗，策立新王，曜年老，深惮之。有客曾到新罗，因访其行路，客曰，永徽中，新罗日本皆通好，遣使兼报之。使人既达新罗，将赴日本国，海中遇风，波涛大起，数十日不止，随波漂流，不知所届，忽风止浪静，至海岸边，日方欲暮，时同志数船，乃维舟登岸，约百有余人。岸高二三十丈，望见屋宇，争往趋之，有长人出，长二丈，身具衣服，言语不通，见唐人至，大喜，于是遮拥令入室中，以石填门，而皆出去，俄有种类百余，相随而到，乃简阅唐人肤体肥充者，得五十余人，尽烹之，相与食噉，兼出醇酒，同为宴乐，夜深皆醉，诸人因得至诸院，后院有妇人三十人，皆前后风漂为所虏者，自言男子尽被食之，唯留妇人，使造衣服，汝等今乘其醉，何为不去，吾请道焉。众悦，妇人出其练缕数百匹负之，然后取刀，尽断醉者首，乃行至海岸，岸高，昏黑不可下，皆以帛系身，自缒而下，诸人更相缒下，至水滨，皆得入船，及天曙，船发，闻山头叫声，顾来处，已有千余矣，络绎下山，须臾至岸。既不及船，虓吼振腾。使者及妇人并得还。”

这一段故事很多地方都同《奥德修纪》里的故事一样，只是没有说巨人只有一只眼睛；这里的巨人吃了五十多人，史诗里只吃了六个；这里的巨人被杀掉，史诗里只弄瞎了眼睛；这里他们带走了几十个女人，史诗里是几十头羊。此外许多相同的地方恐怕不会都是偶合。

德国学者劳尔于1851年曾发表过一本荷马研究，还有德国学者威廉·格林于1857年曾发表过一篇关于独目巨人传说的研究，从他们的考证中我们可以看到类似《奥德修纪》里独目巨人故事的传说在欧亚两洲相当流行。在12世纪末法国就有过用拉丁文写下的这个传说，说有一个巨人吃了九个伙伴，后来这些人的领袖用计弄瞎了巨人的眼睛，又假装成羊，从巨人的两腿中间逃走。在13世纪又有一个突厥地方传说，关于一个妖怪名叫德培歌兹，它只有一只眼睛，每天要吃两个人和五百头羊，后来一个年轻人弄瞎了它的眼睛，然后逃走了。在《一千零一夜》里有关于一个航海的人辛巴的冒险故事，其中之一也是漂到荒岛上，走进一个妖怪的宫堡，妖怪吃了他的伙伴，但是在第三天辛巴乘巨人睡觉时，弄瞎了它的眼睛，然后逃走。但是巨人扔出石头打坏了船只，只有辛巴同两个伙伴能够逃脱。此外在塞尔维亚，在罗马尼亚，在爱沙尼亚，在俄罗斯，在芬兰，都有类似传说，不必详细一一介绍。从这个传说的普遍传播情况看来，我国唐代的长人故事也可能来自一源。

以上我们已经大略介绍了有关这部史诗的一些背景知

识。这部古代著名史诗的内容是如此丰富，无论从历史地理考古学或民俗学方面都有许多值得探讨的东西；限于篇幅，关于背景知识方面，我们就介绍到这里。在本文开头，我们谈到如何批判接受古典遗产问题；荷马史诗是将近三千年前的作品；无论荷马是怎样伟大的诗人，当时人的思想感情总是同我们有很大距离。史诗真实地描绘了早期奴隶制社会的人的精神面貌；史诗里的人物典型是形象鲜明的；他们的思想感情是与当时社会发展的形态相关联的；我们应该用历史唯物主义的眼光去分析史诗里的人物性格，认清他们的精神世界同我们的有怎样的不同；这不但有助于我们分辨古典作品的精华与糟粕，也有助于我们更好地理解这部史诗。

前面我们已经提到作为史诗历史背景的爱琴海早期奴隶制文化；史诗是在这个文化已经衰亡的时期产生的，就是说，这个早期奴隶社会当时发生了危机，已经开始向后来的希腊成熟的奴隶制过渡了；早期的克里特—迈锡尼文化，作为地中海东部这个世界的共主，它的霸权已经瓦解，各地都出现了一些强大的奴隶主；他们以勇力和超众的智谋被公推为群众领袖，财富集中到他们手里。史诗里的英雄奥德修以及曼涅劳、奈斯陀等都是这种地方领袖。在这早期奴隶社会里，农业和畜牧业都非常落后，这些被称为“英雄”的领袖们虽拥有大批奴隶为他们劳动，生产还是很落后的；因此航海去侵略别人成为获得财富的主要手段；尤其是当时的希腊人从北方大陆南移到地中海群岛，来自更落后的地区，艳羡东方的古代文明和财富，自然就更想航海到处劫掠。在这种情况下，侵略战争就变成是正常而频繁的举动；不过在不断对外侵略的过程中，有时也会遇到强大的敌人，吃到苦头，在《奥德修纪》里就有不少这种例子；但是遇到这种事情的时候，他们只认为这是由于他们过分贪得无厌，或者是上天要毁灭他们；如果他们能劫掠到一些牛羊和俘虏，安全回来，他们并不认为这件事本身做得不对。古代希腊奴隶制文明从开始就是扩张主义性质的；这是奴隶制度本身所决定的。荷马社会的人对战争的态度不但同我们今天的看法完全不同，就是比起封建社会的人也还要落后得多。这是我们应当指出的一个方面。

史诗里对奴隶的看法，拿我们今天的眼光来看，更是非常错误的。荷马时代的英雄们到处劫掠，一方面是要获得粮食财货牲畜，一方面也是要获得奴隶；奴隶对他们来说只是一种生产手段，同牲畜差不多；奴隶社会的文明就是在大量奴隶辛勤劳动的基础上产生的。一个人也许原来是个养尊处优的富家子弟，但是一旦他被外地人俘虏去，转卖成为奴隶，他就变成同牲畜差不多的东西，变成别人的财产；遇到这种事，他只好自认倒霉，认为这是天意，不可违抗；他也不敢起来反抗，因为他的主人可以随意用残酷的手段把他处死。从史诗里我们可以看到很多这样的例子；奥德修在故事末尾，杀了求婚子弟后，又处死了许多奴隶。当他杀死了出身高贵的求婚子弟之后，他很怕遭到群众谴责，被驱逐出境；但是当他处死他的奴隶的时候，他并不怕任何人加以谴责，因为那些奴隶是他的私人财产，他有权自由处理，要杀就杀；而那些奴隶们也只能哭哭啼啼地伸颈待死，并不敢反抗。当时的人是认为人有贵有贱，有“君子”和“小人”之别的；一个人遭到不幸，变成了奴隶，就成为下贱的东西，不能同普通自由人相比了。在《奥德修纪》卷十七里，牧猪奴尤迈奥就发表了这样的哲学；他说：“……一旦主人失掉权力，奴隶们就不愿意规规矩矩地工作；只要一个人变成奴隶，宏声之神宙斯就使他的品德去掉一半……”他的意思是很清楚的；一个奴隶就应该辛辛苦苦地为他主人劳动，假使他不好好干活，他就是个坏奴隶；有些奴隶就是这样利用主人失掉势力的机会来为非作歹，这样的奴隶品德是很坏的，这也是因为奴隶本身就是下贱的，本来就缺少高尚的品德。诗里这种维护奴隶统治的哲学我们看了实在很难同意；史诗里有许多地方描写牧猪奴尤迈奥和保姆尤吕克累如何想念他们的旧主人，如何对奥德修感激涕零，只由于他们认为奥德修对待他们比较仁慈，因此他们必须忠心耿耿地做他的奴才；这些地方的描写是很令人觉得讨厌的；虽然诗人很用心地描写了这些场合，我们也很难被他们感动。史诗中描写奥德修的狗阿戈认出他的主人的一段倒是很动人的；因为阿戈不过是一条狗；但同时诗人又描写了尤迈奥和尤吕克累对他们主人的忠心，使得我们感到他是把这些人同奥德修家里的老狗比成同类东西的，这就有些令人作呕了。在史诗卷十一里，当奥德修遇到阿戏留的鬼魂时，阿戏留对他慨叹地说道：“我宁愿活在世上做人家的奴隶，侍候一个没有多少财产的主人，那样也比统率所有死人的魂灵要好。”我们不可误会这段话的意思，认为阿戏留在这里是替奴隶说话，认为奴隶也是人，同奴隶主一样；实际上这段话并不含有什么人类平等的思想；相反，它倒是在肯定奴隶的下贱地位；阿戏留不过是说一个人死掉了是很凄惨的；即使活着当一个下贱的奴隶也比死了受到尊荣还要强一些。这段话一方面固然反映了古代希腊人对生活的热爱，但同时也反映了当时人对奴隶的轻视。

史诗里关于贵族生活以及天神们的描写也说明当时人对于劳动的看法与我们不同。史诗里认为最理想的生活方式是整天吃酒玩乐，不劳而获；关于腓依基国王阿吉诺和斯巴达王曼涅劳等人的生活就是这样；诗人认为这样生活是人世上最可艳羡的，是同极乐的天神一样的。史诗里关于奥仑波山上的天神们的生活也是这样描写；这些天神们的思想感情都同凡人一样；他们的形象也许比凡人高大优美一些，但是他们与世人最大的不同点，就是一般凡人都必须辛勤劳动，冒着生命危险出去寻找财富，才能获得生活资料，而天神们却是终日逍遥自在，不必为生活烦心。这种思想在我们看起来很像后日封建地主和资产阶级老爷的看法。实际上，我们如果记住荷马社会还是人类文明的初期，当时生产力是十分低下的，一般人即使辛勤劳动，生活也还没有保证；在那种情况下，一般人厌倦劳动而羡慕清闲的生活，这也可以理解；因为只有当生产力达到了一定水平，当劳动的收获有了一定程度的保证，劳动才能够成为一种快乐和一种光荣；我们不能要求荷马时代的人就有这种思想，但是我们也应该指出这种看法是同我们今天不同的。

史诗里还有很多迷信和宿命论的思想。原始神话是人在不能解释自然现象时创造出来的；到了诗人手中，为了讲故事的缘故，又增加了许多渲染和虚构；诗人在描写个别不同性格的天神时，他只能根据人世的观察经验来描绘他们，使他们更加形象化；在这方面来说，他知道这些故事是想象出来的，是虚构的；但是在另一方面，他还是相信命运和天神的存在；他对冥冥中的天神意旨非常敬畏，认为世人不能逃脱已定的命运。在人类早期社会里，宗教崇拜和战争是两件大事；我国古代有这样的说法："春秋大事，唯祀与戎"；信仰天神和命运在荷马时代并不足为奇；这种迷信和宿命论思想在史诗里也是大量存在的。

荷马史诗里也反映了当时妇女的地位低下。当时人轻视妇女的思想在《奥德修纪》里有大量反映。如卷一，帖雷马科虽然是潘奈洛佩的儿子，但当潘奈洛佩同他讲话时，他可以粗鲁地打断她的话，并且责备她道："你还是回到自己房间里做你的事去吧，回到你的织机和纺梭那边，命令女奴们干她们的活；讲话是男人们的事，首先是我的事，因为我是这家的主人。”潘奈洛佩听了这话，并不敢再辩，反而认为她儿子的话是有道理的。再如卷二，当安提诺要帖雷马科命令他母亲再嫁时，帖雷马科回答他所以不能那样做的理由只是因为那样他就要付给潘奈洛佩的家里一大笔钱，而且他害怕他母亲会诅咒他，给他带来灾祸，但是他并不认为他应该爱护他的母亲；实际上，他倒有些埋怨他母亲迟迟不肯再嫁，使得求婚人都来消耗他的财产。他对他母亲并没有多少感情；这同他对他父亲的态度完全两样。再如卷十一，当奥德修遇到阿加曼农的鬼魂，后者对他说道：“不要知道什么就都告诉女人；应该只说一部分，同时也隐瞒一部分……因为女人总是不可信赖的。”后来奥德修回到家里虽然知道潘奈洛佩对他始终忠心，但是他只把秘密告诉他的儿子，不许他告诉潘奈洛佩，也不许保姆那样做；甚至后来他先对他的奴隶说明了，也还不让潘奈洛佩预先知道他已经回来。再如卷十五，雅典娜对帖雷马科说：“……你不要让她（潘奈洛佩）不得到你的同意，就从家里把财物带走；你要明白女人的心意；她总是希望增加她所嫁的人的财产；至于她过去的孩子和已死的前夫，她就再不想起也不去管了。”这些例子都可以说明当时男人怎样轻视妇女，有时甚至认为自己的妻子比家奴还差，更不可信赖。这种思想在我们看来实在非常离奇，也说明妇女当时是怎样遭受沉重的压迫。

奥德修是史诗里诗人极力描写的英雄；但是这个英雄的品质，拿今天的道德标准来看，也是同我们要求的不一样。当然他是勇敢的，而且能够经得住艰苦，百折不回；但是他非常狡猾多疑，处处运用欺诈手段，这也是很突出的。在敌人面前使用智谋来取胜，自然并不是坏事；但是他就是对他自己的儿子，自己的保姆家奴，自己的妻子，甚至对保护他的天神，也不讲实话。史诗里对于他的这种“足智多谋”是当作一种正面的东西来描写的。我们应该认识到，在人类刚刚进入文明的初期阶段，人与人的关系同后日不同，因此道德标准也不同；当时一个人只能依靠自己的双手和头脑来克服到处存在的危险，来保全自己；狡猾多疑在那种情况下不算是不正当的行为。荷马史诗所描写的人的道德品质不但不能同我们今天相比，就是同封建社会的标准相比，也是大不相同的。

以上我们指出了荷马史诗里关于战争的看法，关于奴隶的看法，关于劳动的看法，关于宗教迷信的看法，关于妇女的看法，关于正面英雄人物的道德品质等方面；这一切同我们都有很大距离；许多思想从我们的角度看来是错误的。实际上，任何过去时代中的作品都会有这个问题，这也是为什么我们必须批判地接受古典文学遗产的原因；我们指出这些错误的看法，这并不会使我们轻视这部作品的价值；相反，这可以帮助我们进一步理解这部作品，认识到它是在什么样的历史环境，什么样的阶级观点，什么样的思想指导下被创作出来的；只有认清这些，才能使我们进一步欣赏它的思想性方面好的东西。当我们读荷马史诗时，除了欣赏它的艺术外，我们也被它的属于人类文明初期的乐观主义和英雄主义精神所鼓舞，感觉一种蓬勃的朝气，一种向上的进取的力量；这种精神力量有它的现实基础，是在一个特定的历史阶段、一个特定的环境中产生出来并且与它相适应的，古代社会并不是一个理想的社会，它既有它的光彩，也有它的缺陷，而这些是研究文学遗产的人必须认清的。

当我们考虑荷马史诗的艺术成就时，我们也应该一方面考虑到在那样古老的时代，诗人可以使用的艺术手段究竟是很有限的，自然也有其不足的地方；比如说，诗里重复使用的词句是很多的，啰唆不必要的形容词也不少，议论里前后逻辑性较差的地方也有一些；但是另一方面，我们也可以看到，当诗人可以使用的艺术手段是那样有限，史诗在艺术方面达到的成就也是很了不起的，而且在许多方面还是非常值得我们学习的。过去的荷马评论家往往走到两个极端；或者是专门穿凿考据，企图把史诗拆成若干部分，不顾它的艺术完整性，把一座华美的七宝楼台破坏成为零砖片瓦；或者把荷马史诗看作完美无缺，盲目崇拜它，认为它是一字不可易的天下绝作；这两种研究和欣赏荷马史诗的艺术的态度都显然不是正确的态度。

荷马史诗的诗体是一种六音节的格律诗，每行约有十二个轻重音，虽不用尾韵，而节奏感是很强的；这种诗体显然是为朗诵的目的而创造出来的；在朗诵的时候，大概还弹着琴弦来加强其节奏效果，同我们的民间弹弦说唱的艺人一样。由于这种叙事长诗本来是像我们的弹词或鼓书一类东西，当艺人说唱故事时，总免不了要重复不少惯用的词句，甚至重复整段。有些惯用的形容词甚至意思是不大通的。有些形容词的使用，虽然意思是通的，也只是为了凑足音节，在意思上并不一定真正必需。我们读荷马史诗的时候，同样可以随时都发现这种例子。在重复句子方面，我们可以看到许多“当那初生的有红指甲的曙光刚刚呈现的时候”之类；

有些描写的片段，如关于宴会的描写，也常常整段一字不改重复使用。在一些惯用的形容词方面，我们可以看到当诗里提到奥德修时，常常要说“足智多谋的奥德修”或“久经考验的奥德修”之类；当诗里提到女神雅典娜，常常要重复她是宙斯的女儿或称她为“明眸女神”；这些形容词的重复使用，只是为了音节上的需要，并不一定对本文意思有多少加强。史诗里当提到一个出身高贵的人，常常用“仪表同天神一样”之类的形容词，实际上这只是“高贵”的同义词，如果认真拘泥于字面上的意思，有时就会觉得形容得太过分一些了。方才提到常用来形容雅典娜女神的“明眸女神”一词，如果照字面上的意思直译，应该作“有猫头鹰的眼睛的女神”，这个形象并不太美妙；当然我们也可以把它译得古雅一点，译作“枭目女神”，但是这样直译并不能使原意很清楚；实际上这个形容词只不过是说她“目光锐利”而已。荷马史诗里当描写一个人在感情冲动时或情绪紧张时说话，常常说他是“用有羽翼的语言”说话；在译文中有时可译作“用严肃认真的口吻”，有时需要译作“用激动的口吻”，很难用同一形容词来表达原意。这个例子也可说明荷马史诗里文字表达手段还是比较简陋的，并不像后日文学的形容词那样丰富。史诗里有些描写人物的形容词也是不太通的；当史诗描写一位英雄，一位地方的首领人物，如蒲罗地方的奈斯陀，它常常说他是“众人中的牧帅”；这个形容词用在一位首领人物身上当然是可以的，但是史诗中提到牧猪奴尤迈奥时，有时也用这个形容词；一个奴隶怎么能是“众人中的牧帅”呢？这就不大通了；实际上这个习惯用的形容词只不过是“豪健”或“杰出”的一般意思，并没有字面意思那么重。还有当史诗描写女神卡吕蒲索时，常常称她为“可怖的，能说凡人语言的女神”；这个形容词也经不住推敲；卡吕蒲索同奥德修讲话，当然要说凡人语言。不但是她，女神雅典娜以及其他天神也是如此；卡吕蒲索并不是唯一能讲凡人语言的女神；实际上，这个形容词也只是习惯使用的，有如雅典娜被称为“明眸女神”一样；史诗里用到它的时候，并没有想到这个词本身的意思。这个词只是想说明卡吕蒲索是一个能用妖术的女神而已。

从另一方面看来，虽然我们知道荷马史诗的一些重复词句和片段，一些惯用的形容词一再出现，是一般民间说唱文学所共有的东西，是由于它的艺术表现方法还比较简陋，诗人这样作往往只是为了凑足音节诗句，交代故事，而且有时运用还有些拙劣不恰当的地方，但是同时我们也应该指出这种艺术手法也有它成功的一面，有些常用的形容词，如用“素臂”或“华鬘”等来形容美貌的妇人，描写曙光有“红指甲”，描写大海为“葡萄紫”颜色的，等等，虽然这些形容词一再使用，但往往并不使人感到厌倦，它们反而给史诗增加了不少光彩，起了“画龙点睛”的作用。史诗里许多重复词句一再出现，一般也并不使人感到是多余的，而是像交响乐里一再出现的旋律那样，给人一种更深的美的感受；这大概是由于古代的一些艺术手法虽然比较简陋，但有经验的说故事的诗人运用技巧非常纯熟，能够得心应手，所以才能产生这样成功的效果。

使用比喻来加强气氛，使得人物性格更加鲜明，也是荷马史诗中一个突出的艺术手法；当然，一般古代的民间文学里都使用比喻的艺术手法，这并不是荷马史诗的独特创造，但是在荷马史诗里这种艺术手法实在是使用得非常出色。有些比喻只是简单一句话，而所选择的形象却是非常恰当、非常巧妙的；如《奥德修纪》卷五，当奥德修在雾气迷漫的海上看到腓依基的隐约山影在前面不远的地方出现，“好像是一个牛皮的盾牌”。一个牛皮盾牌是很平凡的东西，用在这里作为比喻，却给人一个很具体逼真的感觉。再如卷九，当奥德修他们看到吉康人的队伍进攻他们的时候，史诗描写这些在旷野出现的强大敌人“像春天出现的花叶一样茂盛”，这也是一个很自然而美妙的比喻。史诗里更多的一些比喻是比较长的；这里我们只能拿几个作为例子：如《奥德修纪》卷六，描写奥德修才看到腓依基人时的情景：“就像一头生长在荒野的狮子，冒着风雨，双目眈眈，勇猛多力，由于肚子饥饿，走到牛羊或野鹿群中，甚至想闯进坚固的庄园去袭取牲口”。后来史诗描写奥德修站在求婚子弟的尸体中间的情景，也是把他比喻作一头狮子，但是那时他就是一头凶猛嗜杀的狮子，而不是一头饥饿情急的狮子了；这些比喻都运用得非常恰当，大大加强了故事的气氛。《奥德修纪》卷六，当女神雅典娜使得奥德修形状变得更加漂亮，在他头肩上洒下一层光彩的时候，诗人描写这好像是一位巧匠“在银器上镀上一层黄金，使得器皿更加悦目”。卷十九描写潘奈洛佩哭泣的情形：“就像西风吹下的雪，在东风解冻时，在山巅融解，融雪使得江河满溢，正是这样，她流下眼泪，沾湿了美好的容颜”。再如卷二十二描写奥德修向求婚子弟们展开攻击时：“求婚子弟们心里充满恐惧，在堂上乱窜，有如一群牛犊在白昼最长的春季被营营的牛虻追刺驱赶；又如从山中飞出弯爪尖喙的鸷鸟，向一些在云层之下靠近平原地面飞翔的小鸟袭击，冲过去杀害它们，小鸟无力抵御，也无法逃走，人们欣赏观看这一场猎杀”；后面又有一段比喻描写被杀死的求婚子弟们的尸首被堆集在一起：“就像捕鱼的人用多孔的鱼网打鱼，从灰蓝的海中把鱼捞到弯弯海岸上，在沙滩上堆在一起；它们渴望着海水，被太阳的光芒剥夺了生命”；这两段描写都很好地加强了故事的紧张恐怖气氛。卷二十三有一段比喻来说明潘奈洛佩认出她丈夫时的激动心情也是非常动人的：“就像人在海水中漂浮，惊喜看到陆地；他们精制的船被波塞顿在海上打碎，狂风怒浪冲击着，只有少数人从海里逃脱，身上结了一层厚盐，他们终于脱离灾难，欣喜登上陆地；潘奈洛佩看到了自己的丈夫，正是这样高兴，不让她的素臂片刻离开他的头颈”。卷二十四有一段描写鬼魂们啾啾地飞来飞去，把它们比成山洞里的蝙蝠，造成一种幽奇诡异的阴森气氛：“就像在幽异的山洞深处，蝙蝠成串地悬挂在岩石上；有时一个忽然掉下来，大家都惊叫着飞来飞去；那些鬼魂就是这样啾啾地跟随着他”。《奥德修纪》里像这样的绝妙比喻是很多的，这里不能一一列举，总之，从以上几个例子看来，我们也可以看出荷马史诗运用的比喻手法确有其独到之处。

荷马史诗不但善于使用形容词和比喻来增加原文的光彩和加强气氛，它同时也善于用简洁的手法，用寥寥数语，来表达很深的感情；像奥德修的狗阿戈认出它的主人，摇尾欢迎，但无力走近奥德修，最后它默默死去那一段，就是用着一种接近白描的手法，而效果却很感人；在卷二十二末尾，奥德修家里的人都跑过来欢迎他："她们手里拿着火把从里面出来，围着奥德修，拥抱着他，抱着他的头亲吻，又吻他的肩和手来欢迎他；他感到一种甜蜜的感情，想要放声大哭；他认得出每一个人"。最后那三句话是那样简单，但是却是说得恰好，表达的感情是非常真挚的。

关于这部史诗的介绍就说到这里为止。关于这部史诗的翻译方面，首先需要说明的是本书的版本；现在的主要手抄本有两个是公元 10 世纪的，还有四个是 13 世纪的；最早的印行本子是 15 和 16 世纪的；由于上面已经说到这些本子内容都没有什么差异，所以不存在版本不同的问题。这个译本主要是根据英国洛埃伯丛书的希腊原文翻译的，当然也参考了一些其他现代通行注释本子。在开始翻译之前也曾考虑是译成诗体好呢，还是译成散文好；最后还是决定译成散文；这是因为原文的音乐性和节奏在译文中反正是无法表达出来的，用散文翻译也许还可以更好使人欣赏古代艺人讲故事的本领。只有史诗开头的十行保持了原文的形式，一行还它一行，不过给它增加了尾韵，这是因为末尾用韵是我国诗歌的习惯，这样的做法也许还可以使它更像诗一些；这一部分所以用诗体翻译是因为荷马史诗开头几句是古代说书人的惯例，在说到本文之前都要先请诗歌女神赐给他灵感；实际上，开头来个引子也是为了让大家安静下来，好好听他讲故事；这同我们古代平话小说开头的几句诗的作用是一样的。另外一点需要说明的是，翻译人名时，我把末尾的“斯”都去掉了；古希腊男子名字往往都以“斯”收尾，这同俄文里的“斯基”是一个道理；希腊名字的译音在中文里往往要四五个字或更多，去掉末尾的“斯”似乎要好记一些；这也不是由我作俑，过去人译“希罗多德斯”“亚里士多德利斯”“阿理斯多芬尼斯”等等也是习惯把尾音去掉的。这部史诗的翻译是在业余时间进行的，工作时断时续，加以自己的希腊文也不够好，中文表达能力也很差，译文是不够理想的；将来希望会有人拿出更好的译本。在翻译这部史诗的过程中曾得到许多朋友的鼓励和帮助，如周扬同志、冯至同志、罗念生同志等，我想在这里向他们表示一下我的感谢。

一九六四年四月

注　释

［1］《马克思恩格斯选集》第二卷第114页，人民出版社1972年版。

文
景

Horizon

社科新知　文艺新潮

奥德修纪（上下册）

［古希腊］荷马 著

杨宪益 译

出 品 人：姚映然

责任编辑：薛宇杰

营销编辑：胡珍珍

封扉设计：山川制本

美术编辑：安克晨

出　　品：北京世纪文景文化传播有限责任公司

(北京朝阳区东土城路8号林达大厦A座4A 100013)

出版发行：上海人民出版社

印　　刷：山东临沂新华印刷物流集团有限责任公司

制　　版：北京大观世纪文化传媒有限公司

开 本：890mm×1168mm 1/32

印 张：16.25　字 数：232,000　插页：36

2020年11月第1版　2020年11月第1次印刷

定 价：138.00元

ISBN：978-7-208-16678-3/I・1918

图书在版编目（CIP）数据

奥德修纪/（古希腊）荷马（Homer）著；杨宪益译. —上海：上海人民出版社，2020

书名原文：Odyssey

ISBN 978-7-208-16678-3

Ⅰ.①奥… Ⅱ.①荷… ②杨… Ⅲ.①史诗-古希腊 Ⅳ.①I545.22

中国版本图书馆CIP数据核字（2020）第168562号